vida, paixão
e morte do herói

coleção **jovens** inteligentes

CB045048

Direção Editorial
EDLA VAN STEEN

Autran Dourado

vida, paixão
e morte do herói

© Autran Dourado, 1994

4ª Edição, Global Editora, 1999
1ª Reimpressão, 2008

Diretor Editorial
JEFFERSON L. ALVES

Assistente Editorial
SÍLVIA CRISTINA DOTTA

Gerente de Produção
FLÁVIO SAMUEL

Revisão
KIEL PIMENTA
JÔ SANTUCCI

Projeto Gráfico
CÉSAR LANDUCCI

Capa
CAMILA MESQUITA

Ilustrações
CÉSAR LANDUCCI
MAURICIO NEGRO

Diagramação
MARIANE BAPTISTA

Dados Internacionais de Catalogação na Publicação (CIP)
(Câmara Brasileira do Livro, SP, Brasil)

Dourado, Autran, 1926-
   Vida, paixão e morte do herói / Autran Dourado. – São Paulo : Global, 1999. – 4ª ed. – (Coleção Jovens Inteligentes).

ISBN 85-260-0486-7

1. Literatura infanto-juvenil 2. Romance brasileiro I. Título. II. Série.

94-4292   CDD-028.5

Índices para catálogo sistemático:

1. Literatura infanto-juvenil   028.5
2. Literatura juvenil   028.5

Direitos Reservados

GLOBAL EDITORA E DISTRIBUIDORA LTDA.

Rua Pirapitingüi, 111 – Liberdade
CEP 01508-020 – São Paulo – SP
Tel.: (11) 3277-7999 – Fax: (11) 3277-8141
e-mail: global@globaleditora.com.br
www.globaleditora.com.br

Colabore com a produção científica e cultural.
Proibida a reprodução total ou parcial desta obra
sem a autorização do editor.

Nº DE CATÁLOGO: **1928**

AUTRAN DOURADO

nasceu em Patos, Minas Gerais, em 1926. Viveu e foi educado em outra pequena cidade, Monte Santo, no mesmo Estado. Formou-se em Direito em Belo Horizonte, onde morou até 1954, quando mudou para o Rio de Janeiro, a fim de ser secretário de imprensa do presidente Kubitscheck. Dessa vivência política originou-se o seu romance *A Serviço Del-Rei*. Vem publicando contos, romances e ensaios desde 1947. Com livros traduzidos para várias línguas, o seu *Os Sinos da Agonia* foi adotado nos exames de *agrégation* das universidades francesas. Mais de vinte dissertações de mestrado e teses de doutorado foram escritas sobre a sua obra, no Brasil e no estrangeiro. Já recebeu oito prêmios no Brasil e um na Alemanha, o prêmio Goethe de Literatura. O seu romance *Ópera dos Mortos* foi escolhido pela Unesco para integrar a sua *Coleção de Obras Representativas*.

BREVES PALAVRAS SOBRE ORIOSVALDINO

Toda cidade que se preze tem o seu herói. Foi pensando nisso que decidi escrever a vida, paixão e morte de Oriosvaldino Cunegundes Marques de Sousa Veras, o herói de minha cidade mítica Duas Pontes, onde se passa boa parte de minhas histórias. Não era um belo nome de herói, muito pelo contrário — até malcheiroso a gente dizia na maldade, antes de conhecermos o seu grande feito. Seu nome não consta da cartela do obelisco do centenário da fundação da cidade, nem dos anais escritos, mas no coração da gente. O que se escreve no coração e nos anais diáfanos do vento às vezes perdura mais do que os escritos palavrosos dos bronzes. Porque se transforma em mito, e o mito é a nossa melhor criação, perdura enquanto durarem o coração e a fantasia da gente.

Pobre, conheceu as dificuldades por que passam muitos heróis. Herói humilde, elevou o nome de Duas Pontes. Vive hoje na glória, entre os deuses. Se os meus leitores sentirem o coração apertado no final da gesta de Oriosvaldino, se conformem comigo: foi com lágrimas nos olhos que escrevi os últimos parágrafos de sua história.

TODA CIDADE QUE SE PREZA tem os seus heróis, que são cantados em prosa e verso, e suas façanhas constam dos anais. Muitos merecem bustos e estátuas em praça pública, cuja finalidade é torná-los lembrados para sempre. Com o escoar do tempo, suas proezas começam a ser esquecidas, tão vários e inconstantes são os homens e suas gerações, tão precária e vã é a glória do mundo diante do eterno, é costume dizer, e aqueles monumentos passam a servir apenas de poleiro de pássaros, principalmente de pombos, no desrespeito. Para conhecer suas histórias e feitos os jovens têm de recorrer aos mais velhos, que com o tempo vão esquecendo as coisas, misturam alhos com bugalhos, nas brumas da caduquice. Daí a necessidade de se estar sempre escrevendo e reescrevendo as suas histórias, como esta agora. Os pessimistas gostam de dizer que isso também é inútil: os ratos e o tempo roem os livros e os edifícios. Mas não se deve ser pessimista, os pessimistas são uns desmancha-prazeres, a gente é que fala, gostam de destruir a nossa fé, destecer o caprichoso riscado dos mitos e dos sonhos que nos salvam e alimentam. Pensando como eles, a gente acaba por não sair mais de casa, ficamos na janela não fazendo nada, só assuntando o barulho das pêndulas. Oh! como se arrastam os ponteiros do relógio!

Duas Pontes também teve o seu herói. Um herói humilde cuja figura não foi perpetuada no bronze ou na pedra. Seu nome não consta da cartela do obelisco do centenário da fundação da cidade, nem mesmo dos seus anais escritos, só vive nos anais do vento e das nuvens, que não perduram, sempre em constante mutação, se fazendo e se desfazendo ligeiras no céu alto e límpido, tinindo de azul, o belo céu da nossa cidade.

Também não era pra menos, dizíamos. Com aquele nome! Porque o herói não recebeu na pia batismal e nos livros de cartório o nome de Orlando, Cid, Galaaz, Reinaldo ou Riobaldo, um desses nomes bonitos dos livros de cavalaria ou de antigas cavaleiranças. Se chamava Oriosvaldino Cunegundes. Oriosvaldino Cunegundes Marques de Sousa Veras, como está nos livros do cartório do registro civil. Nome comprido, de nobre, diziam uns; de ladrão de cavalo, diziam outros. O nosso herói não era nem uma coisa nem outra. A gente explica: era Oriosvaldino por promessa da mãe, não se sabe em que livro de igreja ela foi desencavar esse nome de santo. Cunegundes porque assim se chamava o padrinho. Marques era o nome de família da mãe. Sousa Veras vinha da parte do pai, com suas fumaças aristocráticas: descendia de José Joaquim Alves Brito de Sousa Veras, Barão de Jacuí.

Satisfeito o céu e cumprida a promessa, da semana seguinte ao batismo em diante, dona Margarida, a mãe, decidiu lhe abreviar o nome, passando a chamá-lo de Valdo. Com isso contentava a devoção e a beleza, ela era um espírito fino e astuto.

No alinhavar da nossa história não há muito o que contar, só inventando. Aventura mesmo, aventura de verdade, ele só teve uma. Só praticou na vida um ato de bravura que o elevou acima do comum dos mortais. Mas não convém adiantar: uma história não deve ser apressada, tem-se de compor devagarinho, é que nem bordado, deve obedecer a um risco, é o que se diz. Quem tem pressa tropeça, devagar com o andor que o santo é de barro, nos aconselha o adagiário popular.

O narrador ouviu as mais diversas pessoas para colher dados da vida do herói e poder aqui registrá-los. Como os dados não são muitos, tem-se mesmo que invocar não a musa da memória mas a da imaginação, para compor a história da vida, paixão e morte do nosso herói.

Oriosvaldino, se não nasceu em berço de ouro, não foi nenhum pé-rapado. Era neto do coronel da Guarda Nacional Albérico José Joaquim Alves de Sousa Veras, senhor de muitas terras e haveres, ainda pegou um restinho da escravidão, cujo nome está gravado no obelisco do Jardim de Cima, comemorativo do centenário da fundação de Duas Pontes. O velho coronel Sousa Veras foi homem de mando na cidade, presidente da

Câmara Municipal de Duas Pontes e seu agente executivo, o que hoje se chama prefeito. Com a sua morte, como tinha uma penca de filhos, coube a Antônio Joaquim apenas uns poucos alqueires de terra, mas que, mesmo assim, deram para ele fazer a sua fazendinha. Só depois que o sogro morreu é que ele melhorou de vida, aprumou. Se mudou para a cidade, abriu um armazém de secos e molhados, era agora o que se chama um homem remediado.

Oriosvaldino nasceu numa noite fria e chuvosa, agourenta. O parto foi difícil, dona Ernestina, a parteira, não deu conta sozinha do recado, tiveram que chamar o dr. Alcebíades. No sofrimento das horas foi que Margarida fez a promessa de dar aquele nome ao filho, ele vingando, tão mirradinho era.

Que cabeçorra! disse o médico quando virou o menino de cabeça para baixo, dando-lhe as palmadas de costume, para ele soltar o seu primeiro berro e chegar à vida. Com esse tamanhão de cabeça, pode estar aí um novo Rui Barbosa, disse dona Ernestina, que era baiana, sujeita portanto ao culto do conselheiro Rui Barbosa. Cabeça grande não significa só inteligência, pode ser hidrocefalia, disse o dr. Alcebíades. O quê?! disse dona Ernestina. Cabeça dágua, disse ele. Não agoura não, doutor, bate na boca, disse dona Ernestina.

Depois do berreiro, o médico passou o menino a dona Ernestina. Ela pediu um objeto de prata a seu Antônio Joaquim, ele trouxe uma moeda que o pai lhe dera, e banhou o nascituro numa bacia com a moeda no fundo. Pra dar sorte e ele ser muito rico, disse ela. Dona Ernestina era chegada a magias e superstições, tirava sorte em carta de baralho muito bem, mesmo ler mão ela sabia, aprendera com uma cigana de um bando que passou muitos dias em Duas Pontes, chegamos até a achar que os ciganos iam ficar pra sempre, o delegado deixando, cigano tem fama de ladrão. Bobagem nossa, cigano é andejo por natureza, não deita raízes em lugar nenhum. Margarida tinha os peitos mirrados, tiveram de arranjar uma ama-de-leite para o menino. Dona Alifonsina era farta de leite, tinha um leite grosso que dava para amamentar mais de um menino, e pra fazer coalhada pro marido, seu Elesbão, gozávamos.

E Oriosvaldino pegou corpo, foi crescendo, só custou muito a andar. As pernas vacilando, o corpinho balangando (dandá pra ganhá tentém, dizia a babá Filomena), lá ia ele levando tombo, vivia com a cabeça cheia de galo. O pai, carregado de cismas, se preocupava por causa do cabeção do filho, chegou a achar que ele tinha mesmo cabeça dágua. Felizmente não era doença, mais tarde se revelou até muito esperto e inteligente, de olhinhos piscos e vivos.

Apesar de bem apessoada, não se poderia dizer que Margarida fosse bonita. Mas tinha uns olhos verdes e claros, luminosos, de mansidão de lago. De tanto olhá-la, devia Oriosvaldino achá-la linda. Quem ama o feio, bonito lhe parece, diz o ditado. Mas Margarida não era feia, se se disse o ditado foi mais pelo galeio das frases, pelo vício de dizer provérbios, e ditos rimados, mesmo sem cabimento. De qualquer jeito ela era uma mansidão de amor, tão virtuosa que a gente não se cansava de louvá-la.

Se o menino não tinha cabeça dágua, outra coisa a preocupava. Valdo já tem três anos e meio e ainda não fala, disse ela ao marido. Quem sabe ele não é mudo? O marido, como sabia que a mulher era aflita, por qualquer coisinha gaguejava e não dormia, resolveu tirar a coisa a limpo. Mas só procurou o dr. Alcebíades depois de fazer Oriosvaldino beber água dormida em cabaça seca. Como o menino não desatrelasse a língua, foi levado ao médico. O dr. Alcebíades fez os exames de praxe: olhou os ouvidos, bateu um diapasão para ver se ele escutava direito. Você ouviu, perguntou o médico. Oriosvaldino fez que sim com a cabeça. Escutar ele escuta, vai ver está custando a falar é de preguiça, disse o médico brincando. Allan Kardec, filho de João Branco, só veio a falar aos cinco anos, hoje fala pelos cotovelos. Para dar um diagnóstico seguro, convém esperar mais um pouco. Eles esperaram e Oriosvaldino começou a falar, falava que parecia matraca da Semana Santa.

Como Oriosvaldino era bom de cabeça, aos seis anos Margarida ensinou-o a ler e escrever, mais as quatro operações. Ela não desejava se separar dele, quando ele fosse para a escola queria que já soubesse alguma coisa.

O que se disse pode levar a pensar que Antônio Joaquim não amava o filho. Tirante o ciúme inicial, que passou com o tempo, viu-se que também ele amava Oriosvaldino. Se não se abria, era devido ao jeito dele, secarrão e trancado. Antônio Joaquim era um homem à antiga. Parecia um daqueles patriarcas dos tempos dos antigórios. Não dispensava o beija-mão do filho, antes de ir para a cama Oriosvaldino tomava a bênção. Deus te abençoe, meu filho, tenha bons sonhos. A maneira de Oriosvaldino rezar era muito dele. Como a mãe lhe dissesse que Deus lia no coração da gente, Oriosvaldino fixava o pensamento nas palavras, não se deixava desguiar para longes paragens. Acabou por saber, por intermédio da mãe, que para falar com Deus não carecia de palavras. Basta a gente se concentrar muito, o silêncio e o coração falam por nós, disse ela. Ele disse a ela que já pensara nisso, e a mãe achou o filho inteligentíssimo para a idade. Certamente aquele filho seria alguma coisa na vida, achou o pai. Quem sabe não podia até ser doutor quando crescesse? O mais secreto desejo de Antônio Joaquim era que o filho fosse advogado, ele não perdia sessão do júri, se entusiasmava com o falatório e o jargão da Justiça, os debates entre o promotor e o advogado de defesa o encantavam.

Margarida era mais carinhosa, antes de lhe dar o beijo de boa noite, contava sempre para ele uma história, ela acabava por adormecer. Para gozar da presença da mãe por mais tempo, ele forcejava por não dormir, acabava misturando a voz da mãe com as vozes dos sonhos, a doce e enevoada figura da mãe embalando o pensamento, as nuvens inconstantes do céu (já começava a sonhar), as névoas que o engoliam. E sonhava, ele sempre foi de sonhar muito.

Antônio Joaquim trabalhava bastante, ficava o dia inteiro fora de casa. Tinha noites que ele ia ao clube jogar bisca ou à casa de um amigo jogar truco. Truco só mesmo em casa, é um jogo muito barulhento, cheio de falas, versos e gritaria. Para compensar a solidão, Margarida vivia cuidando de Oriosvaldino, lhe satisfazendo as mínimas vontades. Prendada e habilidosa, ela mesma costurava para o filho, se esmerava nos bordados e nos enfeites das blusas. Antônio Joaquim não gostava daquilo, não ficava bem em menino, ele podia virar maricas.

Ela só deixou de exagerar nas pregas e bordados das roupas de Oriosvaldino quando ficou grávida outra vez, tinha de fazer o enxoval do neném. O filho via a barriga da mãe crescer, ela lhe explicou mais ou menos o que era. Com a gravidez, a mãe foi ficando mais pesada, os olhos se tornavam cada dia mais mansos e mornos, de umas ausências sonhosas. Oriosvaldino não se cansava de mirá-la, se perdia nas visagens das fantasias, embarcava nas nuvens do olhar verde e divagoso da mãe. Era um mover brando de olhos, um sorriso boiando no ar, mesmo ela tendo parado de sorrir. Se antes a achava linda, agora ela era para ele lindíssima, tal a mansidão gorda da mãe grávida. Enfim, coisas de coração terno e amoroso.

Quando nasceu Maria da Glória, ao contrário do esperado, Margarida não diminuiu em nada o carinho e o cuidado com Oriosvaldino.

Um dia Antônio Joaquim lhe perguntou se ela não estava exagerando, Margarida disse que não. Ela tinha a sabença de que a fonte do verdadeiro amor dificilmente seca, quanto mais amor se dá, mais amor brota. É como olho dágua, gorgolejo de fonte, raramente cessa, e o manancial de Margarida era inesgotável.

Oriosvaldino, de boa índole e gênio brando, nunca teve ciúme da irmãzinha que veio disputar com ele o amor da mãe. Quando a mãe estava ocupada e Filomena, a babá, por qualquer motivo, não podia dar atenção a Oriosvaldino e Maria da Glória ao mesmo tempo, era ele que tomava conta da irmã. O pai mandou buscar em São Paulo um desses berços de vime de balanço, para embalar neném. Como todo menino, para quem a repetição e a continuidade são uma fonte de prazer, ao contrário dos adultos que enjoam com qualquer repetição, Oriosvaldino se deliciava com o balangar do berço, era mesmo uma ocupação muito boa.

Quando ele fez oito anos, como os conhecimentos da mãe eram limitados, se restringiam a rudimentos de cartilha e de aritmética, o pai conversou com o major Américo, diretor do Colégio Verbo Divino, para ele aceitar o filho como aluno. O major expôs a sua doutrina pedagógica de endireitar meninos, para eles poderem enfrentar a dureza do mundo. Eu já não tenho muita paciência para desasnar menino pequeno, disse ele. Ele deve ir para a classe de Marcela, minha irmã. Quanto a aceitá-lo no meio do ano, vou falar com ela. Eu conheço as irmãs do senhor, minha mulher é até amiga de uma delas, dona Ordália, disse Antônio Joaquim. É, vamos ver, disse o major. A Ordália, além de religiosa e devota como Marcela e Mercedes, talvez seja favorável, tem o coração de manteiga, é muito derretida e caridosa. Quanto a Marcela e a Mercedes, são mais rigorosas, tenho as minhas dúvidas se aceitarão o menino. Quem sabe o senhor não permitiria que minha mulher falasse com elas? disse Antônio Joaquim. Não meta sua mulher nisso, porque aí quem não aceita o menino sou eu, disse o major. O major tinha não só a fama, na verdade era de um rigor excessivo, empregava métodos pedagógicos o seu tanto em desuso (não em Duas Pontes, onde as novidades custavam a chegar), como a velha palmatória. Os pais, na sua maioria, achavam que é de pequenino que se torce o pepino, não diziam nada. Os meninos se limitavam a chorar, custavam a chegar em casa, deixavam passar primeiro o vermelhão dos olhos, escondiam as mãos inchadas. Se contassem o acontecido, era bem capaz de receberem mais castigo. Somente o juiz, o promotor, os médicos e uma ou outra pessoa mais novidadeira cuidavam dessa coisa chamada direitos da pessoa humana.

Aliás, em Duas Pontes, só agora está chegando a notícia da Revolução Francesa e do assassinato de Marat, disse uma vez o dr. Viriato de Abreu. Ele gostava de dizer coisas extravagantes, tinha uma linguagem bastante alambicada, em geral para entendê-lo se carecia de intérprete. Quem?! disse alguém. Marat, "l'ami du peuple", disse o dr. Viriato. Ele e alguns escribas de altas sabenças, além de serem uns energúmenos, no sentido original da palavra, que acabaram se degolando uns aos outros nesse engenho precioso, a guilhotina. Às vezes sucede que eu acho que o engenho funcionou com pouca eficiência, tantos nobres ainda há. Aqueles supracitados cidadãos gauleses inventaram um arrazoado que se chama Constituição, sobretudo o capítulo Declaração dos Direitos do Homem e do Cidadão.

Sabiam o que era constituição, o Brasil tinha uma. Não se conhecia era língua estranja, como se ignorava o que era energúmeno. O dr. Viriato sorriu da ignorância, disse "ami du peuple", traduzido para o vulgar, é amigo do povo. Energúmeno, no sentido primeiro da palavra, é possuído, endemoinhado. Marat era um dos revolucionários, jornalista e deputado. Ele também foi degolado, perguntou alguém. Não, disse ele, teve morte menos aparatosa e exemplar. Não foi justiçado em praça pública, mas assassinado na banheira por Charlotte Corday. Quanto ao mais, acho que vocês devem procurar quem é especialista em desasnamento, o major Américo.

O major Américo entendia mesmo da arte de desasnar, mas era duro e violento. Margarida sabia da fama do mestre, disse ao marido quem sabe não seria melhor falar com Etelvina Lima, dona do Colégio Santa Clara, que não usa castigo corporal? Não, mulher, quando chegar a vez de Maria da Glória, está bem que ela vá pro Colégio Santa Clara, disse Antônio Joaquim. Homem deve ser macho, pra poder enfrentar a dureza da vida, o jogo do mando. E depois, no caso do Oriosvaldino, que você mima tanto, se ele continuar no caminho que vai, vai acabar dando em nada. Margarida achou o marido grosseiro mas não disse nada, sabia do feitio dele. Depois, não era costume naquele tempo mulher pôr reparo em fala ou opinião de marido. Temerosa, quis saber se o filho ia receber castigo do major Américo. Não sei, quem vai decidir é o major, mais as irmãs dele, que você conhece. A Ordália é muito religiosa e bondosa, disse Margarida. Além de filha de Maria, faz parte do coro em dia de missa cantada. As outras também são de reza, disse Antônio Joaquim. Elas rezam muito mas são umas jabiracas, disse Margarida. Você me promete uma coisa, Antônio? Diga, mulher, disse ele. No caso de baterem no Valdo, você tira ele de lá? Não sei, disse Antônio Joaquim. Vamos esperar pra ver. Mas na minha opinião surra em menino só faz bem, endireita e endurece o caráter. Hoje eu bendigo as surras que levei do meu pai, aquilo sim é que era homem dos bons, hoje vejo. Nos tempos dele, tudo era diferente de hoje em dia, quando as coisas andam tão transmudadas que até vaca anda estranhando cria. Me lembro de meu pai e de minha mãe, à maneira deles até que foram felizes. Pelo menos nunca vi reclamação da parte dela. Nos bons tempos dele, mulher chamava o marido de senhor, no respeito. Você gostaria que eu lhe tomasse a bênção?, disse ela subitamente atrevida, porque magoada, não era da sua feição.

Antônio Joaquim fechou a cara, franziu a testa, estranhava Margarida, ela nunca fora daquilo, como tudo muda! Quis dizer jumenta, mesmo quando mansa, um dia vai estranha. Não disse, o seu anjo-da-guarda ou a sua consciência o aconselhou a não ofender a mulher, seria demais; na verdade, à sua maneira, ele a amava. Mas para não dizer que não reparara na ousadia da mulher, disse mesmo depois de homem feito eu beijava a mão de meu pai. Margarida porém estava aquele dia diferente, disse mas você não é meu pai.

 Ele estava a ponto de explodir, se conteve a custo, foi contando até dez. Quando chegou no dez, disse está bem, Margarida. Não estou querendo que você seja que nem minha mãe com meu falecido pai. Sei que os tempos são outros, mas não me acostumo com tanta novidade. Na verdade eu acho que por causa dessas liberdades, dessa educação de hoje em dia, é que a mocidade está desfibrada e molenga, cheia de vícios. Ela disse mas..., ele não a deixou continuar, disse é feito diz o ditado — sua alma, sua palma. Pancada de pai, quando dada na hora como manda o preceito, só faz bem a menino. Graças às surras que levei de meu pai não sou hoje um perdido, porque a minha inclinação era mesmo pra bandalho. Pai é uma coisa, mestre-escola outra, disse Margarida. Ainda nesse ponto, desaprovo, disse ele. Quanto a educação escolar, benditos sejam a palmatória, a vara de marmelo e os bagos de milho debaixo dos joelhos, que eram as ferramentas de educar do meu velho e abençoado mestre Afonso. Que Deus o tenha na sua santa glória!

 O Colégio Verbo Divino era uma instituição familiar, vinha de pai para filho desde o Império.

Filomeno de Melo e Castro, que chegou a coronel, pai do major Américo, foi quem o fundou. Pai e filho eram membros da Guarda Nacional, a milícia cidadã como era chamada. A Guarda Nacional foi fundada na regência de Feijó, para auxiliar o Exército. Mas os tempos eram outros como disse Antônio Joaquim. Se lembrava saudoso de quando menino. A milícia cidadã usava uniforme e desfilava garbosa pelas ruas da cidade no dia da Independência. Agora só vige a patente, lamentava ele. Bom mesmo era no tempo do Império, achava. No fundo ele continuava monarquista. Depois que inventaram a república era o que se via: partido político, só um. Se em Duas Pontes ainda se falava em partido dos sapos e partido dos periquitos, era por vício de fala e memória velhas. Naqueles bons tempos, a bem dizer os partidos eram dois, o Liberal e o Conservador, o Republicano ainda não contava, pelo menos em Duas Pontes. Agora quem mandava e apitava nas capitais era só o Partido Republicano. Dava até vontade de rir quando se ouvia falar em oposição. Uma meia dúzia de gatos pingados, os candidatos avulsos. Teve até uma legislatura em que a oposição não elegeu nenhum deputado avulso. Governar assim era facílimo, coisa de pé nas costas, não havia quem contradissesse, achava Antônio Joaquim. Tudo muda, tudo passa sobre a Terra.

    Tinha razão Antônio Joaquim: "Mudam-se os tempos, mudam-se as vontades", feito dizia o outro. O outro era Camões. Tudo agora só vigia na memória de quem viveu nos áureos tempos ou está nos anais e livros empoeirados, roídos pelos ratos e cupins, nas calendas, matéria para quem gosta de antigórios. Mas a gente pesquisa ou ouve os mais velhos pra ir compondo a história, esta. Muitos ainda têm vivas na lembrança as cãs brancas aparecendo debaixo do quepe, as barbas pareciam mais nevosas por causa de que em cima do azul ferrete da túnica do coronel Albérico José Joaquim Alves de Sousa Veras. Se os militares, o marechal Deodoro à frente da tropa, não tivessem derrubado o velho imperador Dom Pedro II, era capaz do coronel Albérico ter chegado a barão, barão do café, de escudo e brasão, que nem o parente dele, de quem Antônio Joaquim fazia tanto gosto, foi o que disseram os mais velhos da cidade, quando ouvidos.

Margarida recebeu com tristeza a notícia de que o major aceitara Oriosvaldino. Providenciou para ele o uniforme cáqui. De calça comprida e quepe, Oriosvaldino parecia um homenzinho — as dragonas nos ombros davam-lhe um ar de soldado antigo, achou Margarida se babando de satisfação.

E finalmente chegou o dia de Oriosvaldino ir à escola pela primeira vez. Na despedida, quando ele ia ser levado pelo pai, mãe e filho se abraçaram, caíram num choro desatinado. Nem vê que o menino queria desgrudar dos braços da mãe, por mais que o pai ordenasse.

Já perdendo a paciência e tomando o filho pela mão, Antônio Joaquim disse vamos! E se voltando para a mulher, logo de tarde o seu filho estará de volta. Não vejo motivo para tanto choro, afinal ele não vai pra nenhum internato. E você, disse ríspido para o filho, pare de chorar, está que nem mamote ao ser apartado da vaca.

Embora soubesse que de tarde o filho estaria de volta, ao seu coração de mãe, por ser a primeira vez, era como se Oriosvaldino fosse para outra cidade.

O MAJOR AMÉRICO recebeu pai e filho no seu gabinete. A cara fechada, a barba comprida e grisalha, o pincenê de aro de metal acavalado no nariz grande e curvo que nem bico de ave de rapina, o olhar duro e severo, o ar de poucos amigos, tudo só fez aumentar em Oriosvaldino o medo que sua alma, já de si apavorada, guardava. Tal era a fama da severidade, dureza e rigor de que gozava o major Américo na cidade. Quando o filho de alguém de outra escola tresmalhava, ameaçando virar a ovelha negra da família, bastava o pai dizer te ponho no Colégio Verbo Divino, para o transviado voltar ao caminho do bem, deixar as veredas do pecado.

O major custava a dizer alguma coisa, olhava de alto a baixo o noviço. Se descubra, disse Antônio Joaquim ao filho, que tirou o quepe. Oriosvaldino não sabia das praxes, como se comportar diante da autoridade máxima sob as ordens de quem ia viver dali em diante. Não pôde saber se o major sorria ou não, tal era o esgar na boca retorcida, os dentes de cão raivoso à mostra. O medo tingia de negrume e apreensão as imagens e a fantasia do menino.

Finalmente o famigerado major Américo se dignou a falar. Sua voz era grave e rouca, o que assustou mais ainda Oriosvaldino. Transido de medo, ele começou a pingar na calça. O pai reparou, cogitou um instante em levá-lo de volta para casa. O coração ainda apertado, ele pensou: a doutrina do major é que devia ser a certa, era melhor ele aprender na vida, tinha de enfrentar o mundo.

O Colégio Verbo Divino é uma instituição que visa não apenas a instruir, mas a educar, disse o major Américo. Aqui se forjam homens capazes de enfrentar os embates da vida, o mundo selvagem em que terão de viver. Como católico praticante, procuro incutir nos alunos não só os princípios da moral cristã, mas o temor a Deus, os sábios, imutáveis e eternos ensinamentos da única religião verdadeira, a Católica Apostólica Romana. Essa é que é a sã moral, a boa doutrina pedagógica, e não as de uns devassos que andam por aí a pregar francesices.

Oriosvaldino não entendeu a metade do que disse o major. As palavras que ele usava pareciam palavreado de missa. Achava porém que devia ser algo de terrível, tal a cara, tal a aspereza e o volume da voz do major. Moral cristã ele sabia o que era, por causa do que a mãe lhe ensinara. Mas a religião da mãe parecia diferente da religião do major: uma toda feita de brandura e amor, a outra, de raios e trovoadas.

É isso mesmo que eu quero, major, disse Antônio Joaquim. Fui formado nos mesmos princípios da nossa santa Igreja Católica Apostólica Romana. Além de meu pai, devo a minha inteireza de caráter ao meu mestre-escola, que o senhor deve ter conhecido, Afonso Tomás Gouveia. Não só conheci mestre Afonso, fiz com ele as primeiras letras, disse o major. Foi ele que me desasnou. Então é por isso que o senhor é o homem de tino e caráter que a gente conhece e louva, disse Antônio Joaquim.

E se voltando para o menino, o major disse como é mesmo o seu nome? Oriosvaldino olhava atônito para ele, a boca aberta de angústia, como se quisesse tirar da goela uma voz engastalhada, impossível.

O próprio Antônio Joaquim, mesmo com seus severos princípios, achou que o major exagerava, fora perverso, teve pena do filho. Como devemos nos acomodar com as coisas que doem e enterrar no porão da alma o que nos faz sofrer demais, Antônio Joaquim foi ligeiro em passar uma esponja no que primeiro pensou e sentiu.

Ele me parece um menino difícil, disse o major. Ele é muito inteligente, disse o pai. Já aprendeu a cartilha de João Kopke, sabe muito bem a aritmética de Trajano, além do livro de leitura. Ah, o senhor não falou, disse o major.

O major se levantou e disse um momento, vou lá dentro chamar a Ordália, para a classe de quem ele vai, já que tem algumas noções elementares.

Enquanto esperavam, Antônio Joaquim tirou um lenço do bolso, limpou as lágrimas que a custo o filho conteve e só agora corriam pela cara. Meu filho, não chore, é ruim, disse o pai. E como Oriosvaldino não conseguisse conter o choro, o pai se permitiu mostrar o carinho que escondia, disse se acalme, filhinho, sungue as lágrimas.

O major custava a retornar com a irmã, dando assim tempo do filho sungar as lágrimas.

Quando o major voltou com dona Ordália o choro do menino tinha cessado de todo. A cara seca pelo lenço do pai, só os olhos vermelhos eram um sinal de que Oriosvaldino chorara. Depois, os olhos não têm muita importância, pensou Antônio Joaquim. Tem gente que tem vermelhidão nos olhos. Nem sempre é de choro, às vezes é de doença.

Dona Ordália sorriu para Oriosvaldino, lhe estendeu a mão branca, leitosa. O menino apertou-a, sentiu o seu quentume. A brancura e o calor daquela mão, mais o sorriso, de uma certa maneira lhe lembravam a mãe. Ele sorriu para ela também.

Vamos nos dar muito bem, o Américo me explicou tudo, disse ela. E vendo a calça molhada do menino, disse venha comigo, e levou-o para o seu quarto, na parte de trás do casarão, onde ela, única irmã solteira do major, morava.

Ainda bem que um outro novato, do mesmo tamanho de Oriosvaldino, menino rico, que tinha mais de duas calças, e na ausência dos pais, que tiveram de ir apressados com a criadagem para a fazenda, ficara hospedado com o major, deixara.

Tire a sua calça e vista esta, disse ela. Nada de Oriosvaldino se mexer. Ela percebeu o problema, ainda outra vez sorriu. Eu viro as costas, disse ela. Não vou olhar para você.

Mesmo assim Oriosvaldino se afligia, tinha medo de que ela voltasse sem dar tempo dele trocar a calça. Foi o mais ligeiro que pôde, felizmente dona Ordália era mesmo muito boa e paciente.

Dona Ordália deu a mão a ele, levou-o para a classe. Este é Oriosvaldino, o novo colega de vocês, disse ela. Procurem tratá-lo bem. Ele é muito estudioso e bonzinho, está até bem adiantado.

Oriosvaldino se sentou na última carteira, lá no fundo. De vez em quando um menino se voltava, olhava para ele. Um lhe fez careta, outro lhe mostrou a língua.

Oriosvaldino, vá pedir água àquela criada com quem você me viu, ela lhe dará, disse dona Ordália. A Mafalda deve estar na cozinha, disse ela. Oriosvaldino não tinha visto criada nenhuma. Ele foi, se embarafustou pelo corredor comprido, acabou por achar Mafalda. Quê que você quer? disse ela. Ele disse que a professora mandara buscar um copo dágua. Ela lhe deu.

Quando ele voltou, a aula estava praticamente no fim. Mais um pouco e a sineta tocou. A meninada saiu correndo em alvoroço para o recreio dos rapazes, separado por um muro do recreio das meninas. Se diz dos rapazes porque no colégio havia alunos que iam dos sete anos de idade a marmanjos com buço e densa sombra de penugem na cara, em pouco seriam adultos.

Oriosvaldino aprendeu então a sua primeira lição, lição que não constava dos livros de estudo. Ficou sabendo que o espírito de caridade cristã só valia na classe, o que imperava no recreio, é verdade que longe das vistas do major, era mesmo a lei da selva. Depois sabemos, menino não é gente, feito se diz. Se os marmanjos deram pouca atenção a Oriosvaldino, ocupados que se achavam com as conversas de patifaria, o mesmo não acontecia com os crilas. Os meninos fizeram uma algazarra dos diabos, gritavam olha o bobo, olha o bocó. Um mais ousado e impiedoso chegou junto dele, com um tapa lhe arrancou o quepe da cabeça. Por mais que quisesse ser forte, não conseguiu conter as lágrimas. Vai ver ele é mariquinhas, disse um ruivo.

Um rapaz viu o que fizeram com Oriosvaldino, veio em seu socorro. E não teve dúvida, sem dizer vai água, desceu no agressor um poderoso pescoção, que o derrubou.

Oriosvaldino aprendeu que não devia nunca chorar na presença de estranhos, sob pena de ser chamado de mariquinhas. A partir daquele dia, ele passou a usar na cara uma máscara estranha, misto de riso e perversidade. Apesar de toda a bondade de coração do nosso futuro herói, no colégio ele virava outro. Quando mais taludo, passaria a revidar as ofensas, a distribuir tapas, socos e cascudos. Mesmo maiores do que ele, enfrentaria. Êta menino bom de briga! era o que mais se ouviria entre os alunos do Colégio Verbo Divino. Parecia um galinho garnizé.

De tarde, quando voltou do colégio, o pai ainda no armazém, ele contou à mãe a malvadeza do major. Só não contou a ela o que se passara no recreio, a crueldade dos colegas, o aparecimento do seu anjo-da-guarda. Se compreende, pode ter sido para não agravar o sofrimento, não aumentar o caudal de lágrimas da mãe. Podia ser também deslembrança involuntária, o esquecimento que é uma das leis que protegem a saúde da alma humana. Quando sofremos fundo demais, mesmo sem querer, se esquece ligeiro. Para poder continuar vivendo sem muita dor e dormir feliz.

E mãe e filho se abraçaram e choraram juntos. Valdo, paciência, fé em Deus, disse ela depois que ele parou de chorar. Você ainda vai custar a ser aluno do major. Quando for, se comporte, faça tudo para não merecer castigo, dizem que é muito pesada a mão do major.

Se ela sabia de ouvir dizer, Oriosvaldino conheceu, por intermédio dos outros e pelo que viu uma vez, como devia ser brutal a mão do major. Não que dona Ordália contasse ao irmão o que se passava na sala dela. Quando alguém cometia uma falta, ela mandava copiar duzentas ou trezentas vezes uma frase exemplar.

Só uma vez ele viu dona Ordália perder a paciência, em geral não era de elevar a voz, sua fala tinha a doce mansidão das vozes celestiais, achava ele. Foi com um aluno que um dia estava com o diabo no corpo. Ele teve a incrível ousadia de fazer careta para ela e mostrar-lhe a língua. Mesmo assim ela se limitou a mandá-lo para fora da classe. De nada adiantou dona Ordália não contar ao irmão o que se passara, o major tudo fiscalizava, dos cadernos e notas ao comportamento dos alunos sob os cuidados das irmãs. Tudo ele via, parece que adivinhava ou ouvia o que se passava detrás das portas. Na verdade o major não só tinha um faro de perdigueiro, mas os ouvidos agudíssimos, e ele os colava na porta da sala de dona Ordália. Quando não espiava pelas frinchas da madeira velha. Com as classes de dona Marcela e de dona Mercedes ele não se ocupava tanto. Sabia que elas, feito ele, tinham puxado ao pai, um homem subitamente duro. Já dona Ordália era mais do feitio da mãe. Se elas não usavam a palmatória, mandavam os faltosos ficarem de joelhos sobre bagos de milho. Quando a falta era gravíssima, os indigitados eram enviados ao major, que aplicava o corretivo da sua preferência, a palmatória.

Oriosvaldino viu mais de uma vez, nos seus primeiros meses de colégio, os infelizes voltarem chorando do gabinete do major, onde ficavam esperando até ele acabar a sua aula. Não só na classe, também numa gaveta da escrivaninha do seu gabinete o major tinha o maldito instrumento de punição e corretivo.

Aluno comportado e estudioso, mesmo quando passou para a classe de dona Mercedes, Oriosvaldino nunca sofreu castigo corporal, a não ser aquela vez, de joelhos sobre bagos de milho. Só veio presenciar a aplicação da palmatória na quarta série, quando passou para a classe do major.

Mas não avancemos demais os ponteiros do tempo, não se deve adiantá-los por pressa ou agonia, deixemos ao tempo o seu infinito e muitas vezes incompreensível trabalho: ele às vezes corre ligeiro, às vezes se arrasta morosamente. Pelo menos é o que aconselham os bons contadores de casos. A gente deve dar tempo ao tempo, cada coisa tem a sua vez, hora e lugar. Com pressa ou impaciência não se compõe uma boa história. Todo bordado tem o seu risco, senão vira barafunda.

Volte-se à classe de dona Ordália. Logo nos primeiros dias ela se tomou de grande simpatia por Oriosvaldino. Foi o que ela contou a Margarida no primeiro domingo em que se encontraram na missa. Ficou sabendo que ele, além de tímido, era muito nervoso, por qualquer coisa ficava vermelhinho.

    A primeira vez que Oriosvaldino viu alguém com as lágrimas causadas pela palmatória do major foi logo que entrou para o colégio. Ele tinha pedido a dona Ordália para ir à casinha. Já voltava quando encontrou o tal menino atrevido que tivera a audácia de fazer momices para a professora. O menino, que se chamava Gabriel, contou a Oriosvaldino que tinha sido expulso da classe. Nisso o major, que vinha saindo de sua sala (ia também à privada), deu de cara com os dois.

    Que estão fazendo aí? disse o major. Eles se assustaram, de pavor Gabriel contou o que se passara na classe. E o senhor? disse o major se dirigindo a Oriosvaldino. Tremendo que nem vara verde, Oriosvaldino disse que ia à casinha. Então vá, disse-lhe o major. E você, pequeno patife, vá para o meu gabinete, que vamos ter uma conversinha.

    Oriosvaldino adivinhou o que queria dizer a palavra "conversinha" no dicionário do major. Quando este retornou do banheiro, Oriosvaldino andou depressa, fingiu que se dirigia à classe de dona Ordália. Tão logo o major entrou no seu gabinete, Oriosvaldino foi rápido à privada, queria estar de volta ao corredor para ver Gabriel sair do gabinete do major.

    Oriosvaldino viu quando Gabriel voltou. Vinha chorando, mostrou a Oriosvaldino as mãos inchadas de bolo. Foram rápidos para a classe. O coração de Oriosvaldino, pesado de medo, lhe dizia que o major podia aparecer de novo e surpreendê-lo no corredor.

DONA ORDÁLIA não era somente uma competente professora, mas uma pessoa verdadeiramente boa. Era boa demais, tinha mesmo uma certa parecença com Margarida. Apesar de solteira, ao contrário das irmãs, era de uma mãezice de comover: os mesmos olhos ternos, a mesma vagareza e uma certa mansidão, o mesmo mover de olhos brando e piedoso. Isso compensava a falta da mãe, a súbita saudade que às vezes o assaltava.

Com dona Ordália Oriosvaldino aprendeu muitas coisas. Ela tinha mais método, mais experiência e conhecimento do que a mãe. Aprendeu como devia ser uma boa descrição, uma boa narração e uma boa composição.

Vocês devem procurar ser naturais na escrita, nada de afetação, disse ela logo nas primeiras aulas de Oriosvaldino. Quando lerem, prestem muita atenção. É lendo que se aprende a escrever. Escrever bem, de uma certa maneira, é imitação. Imitação no bom sentido da palavra, eu quero dizer. Escrever artisticamente, diferente dos outros, como nenhum outro, é um dom de Deus. Mas pode-se aprender a escrever bem na leitura atenta e estudada.

 Dona Ordália, com licença, é um livro muito difícil este, disse um menino. Não capisco muito o palavreado. Você está achando o *Coração* difícil? disse ela. É porque não foi bom aluno de Marcela. Você com certeza não tirou boas notas, passou por pouco. Ela aperta muito, disse o menino, que se chamava Antônio. Faz bem, é apertado e cheio que o carro de bois canta melhor, diz o ditado, disse ela.

 Embora muito diferente das irmãs, não admitia nenhuma crítica a ela. O Mauro me disse que não o acha tão difícil assim, disse ela. Professora, com licença outra vez, disse Antônio. O Mauro foi o primeirão da classe de dona Marcela, ganhou até o prêmio de fim do ano. E você, apesar de repetente — eu sei, tirou as piores notas, disse dona Ordália. Deus deu a Mauro inteligência e caráter, além da bondade de coração. Mas esses dons Mauro soube aproveitar. É como na parábola dos dez talentos, nos Evangelhos.

 Os alunos achavam dona Ordália sábia demais. Se ela era assim, eles iam ver o que era sabença, e sabença sisuda, na quarta série, quando fossem estudar com o major Américo.

Antes de tudo, deve-se pensar bem o que se vai escrever, continuou ela. A primeira redação pode ser de um jato, se a pessoa é inspirada.

Pronta a primeira redação, disse ela, dêem uma lida para ver se não há nada sobrando ou faltando. Às vezes carece de apertar uma parte, salientar outra, se for o caso de acrescentar alguma coisa. O major acha que é sempre melhor acrescentar. Eu penso de maneira diferente, prefiro cortar. Ambos estamos certos, cada um segundo o seu feitio.

Nossa mãe! pensou Oriosvaldino. Que coisa mais difícil é escrever, ele nunca aprenderia.

Na segunda redação vocês devem pegar cada frase e examiná-la bem, só a soltando quando acharem que é impossível retocá-la mais, disse ela. Mas examinem com os olhos do rigor. Para se conseguir variedade, devem inverter os períodos. Se alguém aqui não sabe o que é período, me fale, que na próxima aula eu explico de novo o que é período.

Eu nunca ouvi falar desse tal de período, pensou Oriosvaldino. Ela com certeza quer dizer que sou eu, peguei a turma no meio do ano.

Se os períodos são curtos demais, vocês devem juntá-los, disse ela. Não repitam os torneios, os volteios desnecessários.

Que é torneio? pensou Oriosvaldino. Meu Deus, como eu não sei nada! Não vou agüentar, mesmo ela sendo assim tão boa, no fim do ano eu tomo bomba.

Se uma comparação estiver muito forte, vocês devem enfraquecê-la, disse ela. Se for absurda e de difícil entendimento, façam ela ficar mais clara. Na ordem da importância, em primeiro lugar vem o verbo. Os verbos devem ser variados. Em segundo vem o substantivo. Se vocês já tiverem usado um muito perto, devem trocá-lo por um sinônimo. Em terceiro lugar vem o adjetivo, que deve ser usado com parcimônia.

 Que é parcimônia? pensou Oriosvaldino. Ela usa palavras muito difíceis. Tão diferente de mamãe. Mamãe, coitada, usa as palavras mais simples, que todo mundo usa. Tem hora que eu não entendo o que dona Ordália está dizendo. O melhor é eu ir anotando as palavras que não conheço e depois pedir em casa a mamãe pra ver no dicionário.

 Pronta a segunda redação, vocês devem passá-la a limpo. Aí repitam o que fizeram na segunda redação, com um olho mais atento, mais cuidadoso. Deve haver harmonia entre as frases. Procurem dar a elas a maior naturalidade, a maior fluência, o maior calor possível. Uma composição não deve ser feita só para a cabeça, mas para o coração.

 A aula já estava quase terminando quando dona Ordália disse este ano vai haver uma novidade no colégio. Eu falei com o major, ele concordou. Duas vezes por semana virá aqui dona Olímpia, que toca harmônium na Igreja do Carmo, para que vocês tenham umas noções de música. Não que vá sair daqui algum músico. É mais para educar o ouvido de vocês.

 Acabada a aula, Mauro e Alberto, outro bom aluno, travaram a maior discussão. Alberto disse que dona Ordália tinha exagerado, boa parte dos alunos, principalmente o novato, não devia ter entendido nada. Mauro discordou, achava que ela não devia ficar se preocupando com a minoria.

Oriosvaldino se comoveu demais com o conto. Pediu o livro emprestado, queria que a mãe lesse para ele outra vez. Na voz da mãe o conto devia ficar mais bonito ainda.

Margarida leu para ele. Ele ficou tão comovido, que os olhos se encheram de lágrimas. E copiou o final do conto num caderno. "E as flores continuavam a chover, muitas, muitas, sobre os pés nus, sobre o peito rubro, ensangüentado, e sobre os cabelos louros do rapaz, envolto na mortalha, como se a bandeira ali no solo fizesse rebentar uma floração repentina; e ele ali estava, morto, o rosto pálido, quase sorrindo, sentindo que vale bem a pena dar a vida pela pátria amada!"

Estava plantada em Oriosvaldino a semente cívica e patriótica que faria dele um herói.

O livro que Oriosvaldino achou mais útil foi *Leituras Manuscritas*, de Tomás Galhardo, onde havia todo tipo de caligrafia: das letras mais bordadas aos quase garranchos de difícil leitura.

No fim do ano Oriosvaldino teve ótimas notas. Ficou em segundo lugar, o primeiro era de Mauro. Recebeu de prêmio *Cabana do Pai Tomás*, de Harriet Beecher Stowe. Apesar de seus bons sentimentos, Oriosvaldino teve uma certa inveja de Mauro. Deve-se dar o devido desconto desse mau sentimento do nosso herói. Afinal ele estava lutando contra o tempo, contra a vida, contra si mesmo.

Que a vida não era só flores, ele veio a saber quando no ano seguinte passou para a classe de dona Mercedes. Não só o estudo era mais apertado, ela era mesmo uma jabiraca, feito dizia a mãe. A gramática adotada era a de Júlio Ribeiro, muito difícil, achou Oriosvaldino.

Dona Mercedes não era má professora, tinha é mau gênio. Com ela Oriosvaldino conheceu pela primeira vez o rigor da educação ministrada no Colégio Verbo Divino.

Como sempre acontecia com ele, Oriosvaldino se distraía, o pensamento vogava no azul do céu que ele via pela janela, quando foi chamado à realidade pela voz esganiçada e cortante de dona Mercedes.

Oriosvaldino, vá ao quadro, disse ela. Ele se levantou, foi. Você escutou bem o que eu estava dizendo? disse ela. Pegue o giz e escreva qual a regência do verbo assistir, disse ela.

Tremendo, os olhos estatelados, fixos nela, ela não se mexia. Será que não escutou também desta vez, eu quase berrando? disse ela. Então escreva se o verbo assistir pede objeto direto ou objeto indireto. Ele continuava parado, imbecilizado. Será que, além de desatento, é burro? disse ela. Você é pior do que peixe. Peixe pelo menos mexe o rabo e você nem o rabo mexe.

Ela já perdia a calma, se enfurecia. Escreva pelo menos se no sentido de comparecer, ver uma fita de cinema, ele é relativo ou transitivo. Oriosvaldino jogou na sorte, escreveu transitivo. Ela sorriu sardônica, disse está errado, é relativo. Eu estava falando sobre a regência do verbo assistir. Você não prestava atenção, eu o vi olhando para o céu. Como é a primeira vez, fica apenas de pé, de costas para os seus colegas.

Três dias depois Oriosvaldino cometeu a sua segunda falta. Era irresistível, não estava nele, impossível deter a associação de idéias, ele vogava no ar. Até aí tudo

bem, nada demais. Acontece porém que os seus olhos se moveram em direção da janela, viram um papagaio dançando no ar.
Desta vez não, Oriosvaldino! disse ela. Venha aqui, se ajoelhe sobre estes bagos de milho. Ele apanhou-os e foi ficar de joelhos. Agüentou firme até o fim da aula. Uma menina tentou consolá-lo, de nada adiantou; estava sofrido, humilhado.
Em casa não contou à mãe o que tinha acontecido. Não queria magoá-la, confessar a ela a sua falta.
Como Oriosvaldino era de um rigor exagerado consigo mesmo, a partir daquele dia acabou por superar a si mesmo, a se controlar.
Até que enfim o ano acabou. Se não ganhou o primeiro prêmio (este ainda uma vez coube a Mauro), tirou a mesma colocação do ano anterior, ficou em segundo lugar.
Mas nem tudo era amargor, tristeza e infelicidade no Colégio Verbo Divino. Além da bondade de dona Ordália e da companheiragem entre os grupos de alunos, havia outra coisa muito boa no colégio. Era a parada do Dia da Independência, quando os alunos dos quatro colégios, do Grupo Escolar Tomás Antônio Gonzaga e da Escola Normal Bernardo Guimarães desfilavam pelas ruas da cidade, passando diante da Câmara dos Vereadores e da Prefeitura Municipal, na frente da qual ficava o palanque das autoridades.
O Colégio Verbo Divino tinha a sua particularidade. O major pertencia ao diretório municipal do Partido Republicano Mineiro e era admirador do presidente Artur Bernardes. Admirador só não, entusiasta fanático,

usava na lapela o cravo vermelho que distinguia os exaltados bernardistas. Republicano histórico, antes mesmo da proclamação da república, contemporâneo do marechal Deodoro da Fonseca e do marechal Floriano Peixoto, o major era militarista. No seu colégio cada aluno era obrigado a comprar um fuzil de madeira que imitava o fuzil verdadeiro, mandado fazer pelo major, para que o "armamento" fosse uniforme. A farda diferente do Colégio Verbo Divino (tinha ombreiras bordadas, verdadeiras dragonas) e os "fuzis" davam aos alunos um aspecto marcial que envaidecia o major.

A primeira vez que Oriosvaldino desfilou encheu-o de júbilo e orgulho. Se sentia um soldado indo para a guerra, Oriosvaldino sempre foi muito imaginativo, chegado a fantasias e sonhos acordados. É capaz de que estivesse ali a semente do ímpeto e o entusiasmo que o faria no futuro vestir a farda e carregar um fuzil verdadeiro, se tornar o herói da gente briosa de Duas Pontes.

No ano seguinte, com o major, ele teve, e de perto, conhecimento da dor. Não a sua própria dor, mas a dor dos outros. Como era muito sensível, assimilava por empatia o sofrimento alheio. Foi com Dagoberto, que não era um bom aluno, diga-se a bem da verdade. Relapso e vagabundo, tirava sempre as piores notas.

Além disso, ficou sabendo de uma particularidade estranha do major. Se no gabinete ele chamava Oriosvaldino de você, na sala de aula era outro, tratava os alunos de senhor e as alunas de senhoritas.

Senhor Dagoberto, venha cá, disse o major. Eu estava na janela do meu gabinete ao ver o senhor entrar.

O senhor estava fumando quando abriu o portão do colégio. Fique sabendo que aluno do Colégio Verbo Divino, mesmo na rua, não fuma. Chegue-se aqui e me estenda a mão.

O major pegou a palmatória e começou o suplício. Descia a mão com força, ele era um homem grande e forte. Horrorizado (era a primeira vez que Oriosvaldino presenciava aquele castigo), ele não conseguia contar, como os outros alunos, quantos bolos Dagoberto levava.

Vinte, trinta ou cinqüenta, não importa o número de bolos, mas a imolação de Dagoberto no altar da perversidade e do autoritarismo. Nos primeiros bolos ele ainda resistiu. A partir do sexto as lágrimas começaram a correr dos olhos. Voltou para a sua carteira abatido, derrotado, um frangalho de gente.

Mas o tempo, mesmo moroso para Oriosvaldino naquele ano terrível, passou. Chegou finalmente dezembro. Na festa de final de ano o major foi soberbo no seu discurso. Um discurso rebarbativo, cheio de imagens rebuscadas, preciosas, pura retórica. Falou do saber e da pátria, elogiou o próprio Colégio Verbo Divino, fábrica de homens de bem e de caráter, disse ele.

Terminado o discurso, o major foi chamando o nome dos premiados. Finalmente ele disse o prêmio de excelência deste ano coube ao aplicado, distinto, inteligente e virtuoso aluno Oriosvaldino Cunegundes Marques de Sousa Veras.

O prêmio consistia numa medalha de ouro tendo em alto relevo a pomba do Espírito Santo e a inscrição *Industrie premium*. Além da medalha, recebeu um livro edificante ("formador do caráter e repositório de virtudes espartanas", escreveu o major na dedicatória), *O Valor,* de C. Wagner.

No colégio Oriosvaldino aprendeu não só o que ensinava um dos livros adotados pelo major, *Lições de Coisas*, de Colkins, mas lições de vida. Ficou sabendo como é precária, como às vezes costuma ser mesmo indigna a justiça dos homens. Se não descreu da humanidade foi porque no fundo Oriosvaldino tinha uma natureza boa, recebendo de dona Ordália lições de bondade e da mãe o quentume do amor.

EM DUAS PONTES o que se chamava então de colégio era apenas escola primária. Colégio mesmo ou ginásio, só havia em São Mateus ou Guaxupé. Como Antônio Joaquim fosse apenas remediado, não estando em condições de mandar Oriosvaldino para o internato, ele foi ficando na nossa cidade. Como já tivesse quatorze anos e fizesse as suas reinações pelas ruas, freqüentando rinha de galo ou sapeando jogo de bilhar, sinuca ou de bocha, o pai resolveu levá-lo para trabalhar no armazém.

Oriosvaldino foi para o balcão, onde ficou trabalhando na companhia de Valdemar, que até então era o único para atender à crescente freguesia do armazém.

Foi uma vida dura aquele aprendizado no armazém. Mas Oriosvaldino não sabe por quê, é capaz de que pela educação espartana do major (foi aluno dele apenas um ano, mas a vida tem dessas coisas: às vezes dez anos não deixam marca e um ano fica para sempre no chão da alma) ou pela leitura diária de *O Valor*, de C. Wagner, lido e relido várias vezes, assinalados a lápis os passos mais interessantes, ele se transformou no que antigamente se chamava um caráter adamantino. Quando chegava em casa esfalfado, a mãe sorria de pena dele, mas se calava, o marido devia estar certo, era assim que se fazia um homem de bem, assim que se aprendia a viver.

Depois de um ano quis aprender escrituração mercantil. Antônio Joaquim concordou, podia dispensar o seu guarda-livros e pagar ao filho por aquele serviço extra, ao menos o dinheiro ficava em família. Para não criar problemas com o encarregado dos assentamentos nos livros, falou com Vítor Macedônio, dono do Banco Duas Pontes, que ficou de saber do seu contador se ele podia dar umas aulas de contabilidade a Oriosvaldino, assim ele ganharia um dinheirinho extra.

Aprendido o ofício, Margarida morria de pena do filho quando o via, em vez de ir ao cinema, passar as tardes de domingo queimando pestanas nos livros do armazém. Mas ele era tão ligeiro, inteligente e ordenado, que acabou por aprender a dar conta do recado e encontrar tempo para passear.

Foi então que ele ficou conhecendo um menino um pouco mais velho do que ele, passaram a sair juntos. Se chamava Francisco e era em tudo diferente de Oriosvaldino. Oriosvaldino era magro, comprido e agitado; Francisco era gordo, baixo e lerdo. Francisco era muito pobre. Como o pai, mestre-de-obras, morresse cedo, ele teve de interromper no terceiro ano o Grupo Escolar. Carecia de ajudar a mãe, lavadeira; foi trabalhar, no princípio como aprendiz, depois como empregado, do sapateiro Giuseppe Fuoco.

Oriosvaldino passou a sair com Francisco. Nos dias de *footing* no Jardim de Cima, lá iam ver as meninas e moços e começar a namorar.

E eles praticavam intermináveis assuntos. Oriosvaldino, mais aflito e loquaz, era quem produzia mais matéria de conversação. Você quer ir ao cinema, hoje tem fita de Carlitos, indagava Oriosvaldino. Francisco fazia que sim, tinha visto o cartaz, devia ser muito engraçada. Como ele nunca tinha dinheiro (o pouco que ganhava dava à mãe), Oriosvaldino, depois que começou a trabalhar no armazém e a fazer a escrituração, era quem pagava a entrada. A princípio Francisco ficava acanhado, muitas vezes disse que não podia ir, tinha coisa a fazer em casa, ficara de ajudar a mãe. Oriosvaldino viu que não era verdade, acabou por vencê-lo.

Ambos tinham o mesmo gosto, as mesmas afinidades. Em matéria de cinema, adoravam fita policial, por causa da intriga, que puxava pelo raciocínio. Aos domingos eram as fitas em série. E como discutiam nos dias seguintes como era que o mocinho faria para sair daquela, ele mais seu cavalo já caindo no precipício. Víamos os dois passarem, louvávamos muito aquela amizade tão forte, tão quente, tão apertada. Eles dispensavam outras companhias nos lugares onde os meninos e rapazes da sua idade se encontravam, os dois ficavam separados, se bastavam. Vida assim é que afeiçoa, deita raízes fundas, dizíamos comovidos diante daquela fraternal amizade.

Um dia Oriosvaldino contou uma coisa muito importante a Francisco. Arranjei uma namorada, hoje de noite a gente vai fazer *footing*, disse ele. O nome dela é Natália, eu acho que vou me apaixonar por ela. Francisco não disse nada, guardou um mutismo estranho. Quê que se passa com você? Nada, disse Francisco.

Por que Francisco se calou, pode-se desconfiar, não é tão difícil assim. Um ciúme terrível e fundo lhe roía a alma. Ele agora ficaria mais sozinho, teria de dividir com Natália o afeto de Oriosvaldino. Oriosvaldino deixou de ir ao jardim, já não passava toda noite pela casa de Francisco. A tristeza e a solidão doíam fundo em Francisco.

Muito vivo e inteligente, Oriosvaldino viu logo do que se tratava. Conversou com Natália, ele teve uma idéia que lhe pareceu muito boa. Natália tinha uma amiga chamada Susana, que achava Francisco muito simpático. Agora os quatro podiam sair juntos, mas escondidos, o pai de Susana, rico fazendeiro, não ia aceitar o namoro da filha com um rapaz tão pobre como Francisco.

De noite, lá foram os dois se encontrar com Natália e Susana no Largo do Carmo, mal iluminado, e onde eles não podiam ser vistos.

Eram agora alegres e sorriam, tinham nos lábios e nos olhos aquela alegria e aquele sorriso de todos os namorados. Foi um período muito bom na vida de Oriosvaldino.

Os ponteiros do tempo avançaram mais depressa. Pura fantasia, o tempo é que nem uma pêndula-despertador sem mostrador, cujas horas de despertar não sabemos nunca, principalmente a hora da nossa morte.

A gente carece de muita religião, não importa qual seja, se dizia. Mesmo aqueles que não têm religião devem ter algum tipo de fé, senão a máquina de que se falou, há muito já teria parado. Sem fé e esperança a gente nem rua consegue atravessar, já dizia o proverbial Donga Novais.

Pois os ponteiros do relógio do tempo andaram mais ligeiros, de repente Oriosvaldino fez dezessete anos. Um espesso buço debaixo do nariz, quase virando bigode, grossas penugens que lhe enfeiavam a cara, ele pediu permissão ao pai para fazer a barba. Antônio Joaquim olhou em silêncio a cara do filho, guardou um minuto do silêncio, decidia. Permito, disse ele. De tarde Oriosvaldino recebeu dele uma navalha de presente.

Um ano fazendo barba, os fios engrossaram, ele passou a cultivar um bigodinho cinematográfico. Como encorpou e já não era magro como antigamente, ele virara mesmo um tipo guapo e faceiro por quem as moças e mesmo algumas senhoras suspiravam. Beijo sem bigode é a mesma coisa que sopa sem sal, usavam dizer aquelas experimentadas e atrevidas senhoras.

Se o tempo passou e a barba de Oriosvaldino cresceu, ele ia virando outro, em nada alterou o seu amor por Natália e a sua amizade por Francisco.

Como sucedia com todos os heróis de cavalaria, que eram puros, apesar de tentados, o mesmo sucedeu com Oriosvaldino. Quem tentou o nosso herói foi a própria Natália, em quem começavam a acender os primeiros ardores do amor.

Era uma bela tarde de céu alto, tinindo de azul, a aragem cheirosa que nós achávamos que só Duas Pontes podia ter. Oriosvaldino e Natália, de mãos dadas, deixavam o Jardim de Cima e caminhavam em direção ao campo de futebol. Já não era mais rua nem cidade, iam caminhando pela estrada que ia dar no cemitério, perto das voçorocas de goelas rubras e sanguinolentas.

É tão belo este campo coberto de florinhas amarelas, disse ela. Parece um manto verde de rainha, todo respingado de estrelas, disse ele precioso. Ela, apesar do atrevimento da imagem que ele usou (ele exagera, não é bem assim, pensou ela), sorriu para ele. Os dentes certinhos e brancos pareciam pérolas, achou ele, quis dizer, acabou por fazê-lo.

Já disseram que você é belíssima? disse ele. Já, disse ela convicta da sua beleza. Muitas vezes. Homem ou mulher? disse ele. Homem, principalmente homem, disse ela. Quem disse isso a você pela primeira vez, você tinha muito amor por ele? disse ele com uma certa pontinha de ciúme do passado dela. Demais da conta, disse ela. Como é o nome dele? disse ele. Você quer só o primeiro nome dele? disse ela. O nome inteiro dele é Oriosvaldino Cunegundes de Sousa Veras, seu bobo! Os dois caíram na gargalhada, riam agora por tudo e por nada.

Saíram fora da estrada, o capim era rasteiro. Foram avançando pelo mato. Cansados, se sentaram. Conversaram sobre os mais variados assuntos, desde o amor de Francisco e Susana à última fita de Greta Garbo.

Ele puxou-a para si, alisava-lhe a cabeleira loura e acetinada, brilhosa. Do corpo dela vinha um perfume suave, a água de colônia de alfazema que ela gostava de usar. Ela voltou a boca para ele, se beijaram. Ele sentiu que ela o beijava mais forte e demoradamente do que de costume. Ele teve um pensamento perigoso, mas se controlou, ela não. Vamos? disse ela. Embora? disse ele. Ara, você sabe o que quero dizer! disse ela. Vamos ficar deitados bem juntinhos feito marido e mulher. Não, Natália, não quero você pra isso. Com você eu só faria uma coisa dessas depois de casado. Eu te respeito demais porque te amo. Decepcionada, ela disse vamos embora, que já está escurecendo.

    Ele deu a mão a ela, levantando-a do chão. E lá se foram os dois pela estrada. O céu escurecia, já era boca da noite, tinham de se apressar. Não sabiam se a noite seria de luar. Só quando chegaram de novo no jardim é que viram uma lua enorme, redonda como um queijo de Minas, brancamente prateada, afrontosa, despudorada. O céu limpo, pontilhado de estrelas piscando miúdas.

    Ela morava na Rua Comprida, ele foi deixá-la em casa. Chegaram e ainda ficaram uns minutos se dizendo coisas simples, sem nenhuma importância. Ciao, meu amor, disse ela. Sonhe comigo esta noite, disse ele. Ela sorriu, abriu o portãozinho de ferro do jardim e entrou.

    Oriosvaldino saiu assobiando, tinha um encontro marcado com Francisco, no Ponto. Se encontrou com o amigo, ficaram durante algum tempo discutindo o que iam fazer. No Cinema Odeon estava passando uma fita que parecia boa. Oriosvaldino tirou do bolso o cebolão de ouro que pertencera ao avô materno, viu as horas. É tarde, a fita já começou faz meia hora, disse Oriosvaldino. O jeito então é ir na cancha de seu Ítalo Rossi, disse Francisco.

    A cancha ficava nos fundos do bar Brasil-Itália. Seu Ítalo, além de cobrar por hora da cancha, ainda tirava bom

lucro vendendo cerveja nas mesas espalhadas pelo galpão.
É, vamos ver a italianada jogar bocha, disse Oriosvaldino.

Não eram só os italianos que jogavam bocha, Oriosvaldino generalizava. A bocha é um jogo que os italianos trouxeram de sua terra, barulhento não só por causa das bolas de madeira que se chocam e vão bater no anteparo de tábuas, mas pelos berros e nomes feios que os jogadores dizem, principalmente se são italianos. Os naturais da terra eram em geral mais comedidos, se limitavam a provocar, a rir e a gozar maliciosamente o adversário ou adversários italianos, porque a bocha pode ser jogada por equipes. Como ríamos ouvindo a algazarra e o esporro dos italianos! Só se tinha de ter um certo cuidado na gozação, para não levar um murro nas fuças. No caso de agressão, se recorria muitas vezes à fina, surpreendente e silenciosa faca lapiana.

O melhor mesmo é explicar como é o jogo de bocha, senão é capaz de muita gente que nunca viu jogar não entender. Inicialmente se sorteia quem será o primeiro a jogar. Este lança o bolim (é uma bola pequena) e depois a sua bola de madeira, chamada bocha. Aí é a vez do outro jogar a sua bocha. As bochas dos adversários se diferenciam pela cor, marca ou sinal de cada um. A proeza do jogador é fazer com que sua bocha se aproxime mais do bolim. Em nenhum caso a bocha de um jogador pode empurrar a do outro, na batida, mais de meio metro. No final dos lançamentos, vence quem consegue fazer uma de suas bochas chegar mais perto do bolim. Se chama de bochada quando o jogador procura afastar uma bocha do adversário das proximidades do bolim.

Na nossa cidade havia jogadores famosos como Alfio Colassanti, o Giambattista Pellico, o Sílvio Pena e o Inácio Linhares. Se ganhava e se perdia muito dinheiro nas apostas.

Oriosvaldino e Francisco chegaram exatamente na hora de começar a partida. Iam jogar Alfio e Inácio. Seu Alessandro Campari, a pessoa mais rica de Duas Pontes, que prosperou tanto, ficou tão rico que, no final da vida, comprando o cônsul italiano, conseguiu o título de comendador, estava eufórico, devia ter feito um negócio de vulto ou passado alguém para trás, ele era muito sujo. Nós o vingávamos chamando-o de Xandoca Canarinho, não na sua frente, é claro. Vindo da Calábria com uma mão atrás da outra e enriquecido sabia-se como, se misturava com a gentinha feito diziam as pessoas de alto coturno e orgulho, bebia cerveja e cachaça com a arraia miúda. Além desses defeitos, era ruim que nem ele só, nem mesmo os pobres de pedir ele poupava, tinha um certo prazer em pisar os humildes, de fazer sofrer. Jogavam praga nele, mas praga em gente rica custa muito a pegar, quando pega. Seu Alessandro estava apoiado nos ombros de seu Gaudêncio Vasconcelos, que tinha tido muito dinheiro e perdeu tudo na roleta de Poços de Caldas. Foi em Poços de Caldas que ele pegou o vício de jogar e apostar, quando foi a primeira vez lá, para ver se melhorava do reumatismo com as águas sulfurosas, reumatismo que acabou por virar deformante.

Vamos fazer uma fezinha, Alessandro? disse seu Gaudêncio. Você é um pé rapado, não tem onde cair morto, disse seu Alessandro no seu sotaque carregado. Não é muito mas tenho algum, disse seu Gaudêncio. Pra mim o seu muito não vale nada, disse seu Alessandro. Só se quiser apostar o seu Patek Philippe de ouro. Disse isso de pura maldade, não carecia: tinha um relógio igual.

Seu Gaudêncio vacilava, o relógio não era apenas o único bem valioso que lhe restava dos tempos antigos, tinha para ele um valor afetivo muito grande, fora presente de aniversário ganho do avô, coronel Juventino Vasconcelos, quando era rapazinho. Terrivelmente dividido entre a fidelidade à memória do avô e a loucura da paixão do jogo, ele vacilava. Uma parte dele lhe dizia que era uma doideira perder aquele seu último bem de valor, a outra lhe soprava quem sabe se ele pedisse uma quantia muito alta? Esta era uma espécie de voz que vinha do mais fundo dele mesmo, eco talvez da voz do avô ou da mãe (é difícil distinguir as vozes vindas de dentro de nós, do escuro chão da alma), é capaz de que para impedi-lo de cometer a loucura de apostar o seu rico relógio. De jeito nenhum que um forreta feito seu Alessandro ia aceitar. Ele vacilava em seguir o conselho da sua voz interior, tinha a certeza de que iria ser objeto de ridículo, motivo de riso.

Súbito a voz interior, que às vezes costuma ser catastrófica e terrível, por um desses acasos (tão misteriosa e imprevisível é a mente humana), desta vez foi boa e sábia, viria salvá-lo, ele próprio achou. Disse alto como um jogador de truco a primeira quantia absurda que lhe veio à cabeça, umas cinquenta vezes o valor do relógio.

Então uma gargalhada explodiu no ar. Seu Gaudêncio tinha suas esquisitices, não regulava bem, era o que em Duas Pontes se chamava de sistemático: meio doido, vamos dizer claramente.

Quando o riso cessou, Oriosvaldino disse para Francisco o homem enlouceu de vez. Os dois, que estavam perto dele, viram a cara lívida, os olhos vidrados de seu Gaudêncio. Condoíam dele, ele fora sempre um homem bom, coração de ouro estava ali. Só seu Alessandro não teve nenhuma pena, estava terrível. Mesmo se sabendo que ele era um homem mau, naquela hora ele se ultrapassava em perversidade. Apesar de ver que seu Gaudêncio não estava mais de juízo perfeito, disse rindo, os dentes cerrados, o velhinho enlouqueceu de vez? Aquilo não era bem riso, mas um misto de riso e rosnar de cão.

Seu Gaudêncio não disse nada, seus olhos mergulhados nas névoas e no vazio mostravam que o espírito do infeliz não estava mais ali, só o corpo presente.

Alfio, que era a quem cabia lançar o bolim, os olhos presos nos olhos de seu Gaudêncio, tinha o riso imobilizado. Como ele, ninguém se mexia: o espanto, a perplexidade, a pena e o ódio imbolizavam todos.

Quando se ouviu, voltando das trevas e do abismo, da aura de ausência, seu Gaudêncio dizer vosmecê é ricaço mas não tem, já não digo a honradez de manter o que disse, mas a coragem de correr o risco. Vai ou não vai? Comparece ou dá no pé?

Se não se riu, foi por ver que ele estava mesmo louco. Como toda gente, ele próprio sabia que seu Alessandro não dava a mínima para valores como coragem e honradez: ninguém mais desonesto e poltrão do que ele.

Quem agora não falava era seu Alessandro. Por que ele, para quem o dinheiro valia mais do que qualquer coisa na vida, não dizia que a quantia era enorme? Ele se ausentava, mas a sua ausência não se devia a doença, é que fora arrastado para um passado longínquo. Se lembrava de uma cena muito remota. Ele agora estava na sala de espera do coronel Juvêncio Vasconcelos. O coronel abriu a porta e deu com ele, disse vai me pagar o que deve? Eu queria... disse seu Alessandro. A promissória está vencida, disse o coronel. Se não pagar, perde a casa. O senhor compreenda a minha situação, que no momento é de pobreza, disse seu Alessandro. Se o caso é de pobreza, tome lá, disse o coronel lançando-lhe uma moeda. A porta se abriu, um rapazinho disse vovô eu quero... Me desculpe, eu não vi que o senhor estava com gente. Não é gente, meu neto, é um carcamano que mal vale um tostão.

Seu Alessandro voltou à realidade da cancha de bocha, viu diante dele, não o neto, mas, de barba branca, o coronel. Aceito! disse ele. E a si mesmo: este neto do coronel Juvêncio vai saber do que sou capaz! Será que ele se lembra? Não, não se lembra, só se guarda pra sempre o que doeu. Ele com certeza não se lembrava, devia estar acostumado com a violência do avô. Nele não doeu nada, quem sofreu a dor da humilhação foi eu.

Aposto no Alfio, disse seu Alessandro. Procedido o sorteio, coube a Alfio dar início à partida. Ele ganhou o primeiro ponto, o segundo, o terceiro e o quarto. Alguns partidários de Inácio começavam a se preocupar. Não que ele fosse vencer, o jogo estava ainda muito no começo, era simples superstição nossa. É que nunca se tinha visto um jogador da qualidade do Inácio perder quatro pontos seguidos. Mas ele ganhou o quinto e o sexto ponto.

Assim foi indo, a disputa era renhida. Quando faltava um ponto para terminar a partida, uma emoção nunca antes sentida, por causa do que acontecera, tomou conta de todos. Aquilo não era mais um jogo de bocha, mas uma questão de muito mais valia: uma questão de vida e morte para os dois.

Agora morríamos de pena de seu Gaudêncio. Devagar ele tirou o relógio do bolso, olhou-o demoradamente, os ponteiros no 9 e no 15. A mão trêmula e deformada, ele passou o relógio para seu Alessandro, que o recebeu sorridente. Da mesma maneira que seu Gaudêncio, seu Alessandro ficou muito tempo olhando o mostrador, com certeza pensando nas horas daquele dia terrível do seu passado. Devia ser mais ou menos nove e meia quando tudo aquilo aconteceu. Ele não podia saber que horas o relógio marcava aquele dia, não tinha alma para isso; as horas pouco lhe importavam agora, só se lembrava que era de manhã.

E então se viu o que nunca se cuidou ver. Seu Alessandro jogou o relógio na cara de seu Gaudêncio e disse uma frase que a gente nunca pôde entender, por se tratar de língua de seu Alessandro, que nem todos os italianos entendiam. Tome de volta o seu tostão! disse ele com ódio nos olhos. Que ambos não cuidavam das mesmas horas sofridas da sua vida era mais do que evidente, o tempo é individual e intransferível: impossível duas pessoas terem simultaneamente o mesmo tempo. Se não tinham o mesmo tempo, ambos certamente pensavam na mesma pessoa — o coronel Juvêncio Mota Vasconcelos.

QUANDO VOLTAVAM PARA CASA

foi que Oriosvaldino contou o que tinha se passado de tarde no campo. Eu nunca que podia pensar que ela era assanhada, disse ele. Não acho nada demais no que Natália fez, disse Francisco. Mas foi ela que começou! disse Oriosvaldino. Por que só o homem é que deve começar as coisas? disse Francisco, como se ele tivesse muita experiência, só uma vez tinha conhecido mulher, e mulher da vida. Oriosvaldino quis dizer que aquilo não ficava bem numa moça, desistiu.

Francisco nada sabia dessas histórias de cavalaria e de cavaleiros andantes, não possuía a vocação e pureza do nosso herói. Ele tinha o bom senso de um Sancho Pança, os pés fincados na terra, nada da vocação de pureza eterna do seu amo, o famoso fidalgo Dom Quixote de la Mancha. Com este se aparentava o nosso Oriosvaldino, que teria na sua vida um momento de grandeza infinita, só comparável ao heroísmo do famoso fidalgo manchego. Miguel de Cervantes só conta a devoção do herói à casta, fina, pura e nobre Dulcinéia, que ele imaginava ver na grossa e vulgar camponesa Aldonza Lourenço, não diz se o fidalgo era virgem. Nada demais não conhecer mulher na sua idade. O incompreensível para Francisco foi ele ter se mantido casto durante toda a vida.

Mas por quê, meu Deus do céu! disse Francisco bem mais tarde, quando convidou Oriosvaldino a ir com ele às raparigas. Oriosvaldino não quis, por causa de um voto de castidade que eu fiz quando mamãe esteve pra morrer, disse ele. Que voto mais besta! disse Francisco. Por que não fez outro voto qualquer? Porque mamãe é devota da Imaculada Conceição, disse Oriosvaldino. Como Francisco nunca freqüentou a Igreja Católica (era espírita) e não acreditava em Maria Mãe de Deus, a sua razão jamais podia aceitar o dogma da Imaculada Conceição. Da mesma maneira que Oriosvaldino achava um absurdo alguém acreditar na reencarnação.

Oriosvaldino pediu a Natália que perguntasse ao pai se podia freqüentar a casa dele. Seu Dagoberto era amigo de Antônio Joaquim, disse à filha que era gente boa, família das melhores tradições. Ele gostava dessas coisas, também ele tinha distantes fumaças de antiga nobreza, era parente muito longe de um valido de Dom Pedro II, arrotava o título que lhe dera o imperador.

    Natália e Oriosvaldino namoravam na sala de visitas, onde ficavam sob a vigilância de um pau-de-cabeleira: ora Matilde, quase da mesma idade de Natália, ora Virgílio, o caçula da família, um menino chatíssimo que não lhe dava sossego, toda hora se intrometia na conversa dos dois. Eles não podiam ser mais ternos, fazer um carinho mais chegado, que o diabo do menino ameaçava contar ao pai. A maneira que Oriosvaldino encontrou para cativá-lo era trazer para ele todo dia um pacote de balas ou nos dias certos, a revista *Tico-Tico*, que ele ia comprar na estação, no trem vindo de São Paulo. Junto com a revista ele adquiria umas maçãs, que levava para Virgílio. Nesses dias o diabo do menino ficava tão entretido, que eles podiam trocar um carinho para a época o seu tanto ousado, quando não arriscavam um furtivo e rápido beijo. Abençoado *Tico-Tico*, dizia Natália. Nos outros dias eles tinham de agüentar Virgílio. Mesmo ofertas de Natália ele se recusava a aceitar em troca de ir lá dentro buscar um copo dágua para ela. Ele era terrivelmente incorruptível, dizia vai você mesma, pensam que não sei o que querem fazer?

    Nos dias de Matilde as coisas melhoravam muito. Ela ficava lendo um romance, pouco erguia os olhos do livro. Se ao virar a página ela se distraía do livro e sucedia vê-los abraçados e se beijando, puxava um pigarro ou tossia, conforme a duração do beijo.

    Um dia Matilde arranjou namorado. A situação mudou muito, melhorou da garganta. Também ela se entregava aos afagos e ligeiros entreveros do amor.

Honra porém se lhes faça: eles nunca permitiram carinhos atrevidos demais, carinhos que fossem além da decência que a nunca assaz louvada tradicional família mineira, zelosa da moral e dos bons costumes, permitia. Isso pode parecer estar em contradição com o procedimento de Natália aquela tarde. Compreenda-se e se releve a jovem, os dois estavam então sozinhos no campo, o mato era coberto de flores amarelas, a aragem perfumosa, havia a beleza da tarde que morria e eles se amavam — todas essas circunstâncias que propiciam os trabalhos de Afrodite e as tentações de Lúcifer: a primeira uma deusa pagã, o segundo o demônio maldito que só cuida da perdição dos homens.

Francisco é que sentiu demais a solidão, tão sozinho passara a viver depois que Oriosvaldino começou a freqüentar a casa de Natália. A solidão doía fundo no peito. Ele só se encontrava com Oriosvaldino domingo de noite, de dia o amigo ia à matinê com Natália. Mas Oriosvaldino também sentia saudade.

De repente Antônio Joaquim melhorou de situação financeira, resolveu ampliar o seu negócio. Comprou o sobrado parede-meia, abriu a porta, ligou-o ao armazém. No andar térreo instalou uma loja de tecidos e sapatos. Oriosvaldino viu ali a oportunidade de melhorar a situação de Francisco, que até então trabalhava como auxiliar de sapateiro com Giuseppe Fuoco, acabar com o distanciamento, que sentia tanto. Como o pai ia precisar de mais empregado, falou com ele, os dois passaram a trabalhar lado a lado. Tudo melhorou, ficavam juntos o dia inteiro, se falavam entre um e outro freguês quando a loja ficava vazia.

E Francisco começou a lhe contar as suas conversas com o sapateiro. Giuseppe Fuoco tinha vindo para o

Brasil rapazinho, na companhia do pai, que abandonara a Itália com um grupo de amigos que acreditava nas idéias anarquistas do filósofo, médico e musicista Giovanni Rossi, autor do livro *Il Commune in Riva al Mare*.

Dom Pedro II, em viagem pela Itália, viu o livro, comprou-o e leu-o. O imperador deve ter achado quando nada curiosa a utopia de uma colônia anarquista nos trópicos. Mandou chamá-lo, deu-lhe terra no Paraná, onde seria instalada a futura Colônia Cecília. Um historiador procura explicar por que o velho imperador resolveu chamar para o Brasil um perigoso doutrinador e ativista como Rossi, sendo ele um monarca. Seria por espírito compreensivo, tolerante e liberal, por bondade de coração ou por pura senilidade. Todas as hipóteses são possíveis. Alegar que Dom Pedro II estava senil é um absurdo, senão mesmo maldade: o imperador morreu aos sessenta e seis anos. Quem sabe senilidade precoce? Com gente que pensa assim, é inútil discutir, sequer responder.

A Colônia Cecília só podia dar no que deu: dissensões internas, fugas, incompreensão dos vizinhos poloneses, católicos fanáticos, agressivos. Jamais podiam os colonos poloneses compreender a idéia de amor livre, que eles confundiam com promiscuidade sexual. Depois do fracasso e da morte do pai, Fuoco acabou por ir esbarrar em Duas Pontes. Levou consigo o que restara da colônia — a bandeira vermelha e negra, e o lema SENZA DUCE, SENZA PADRONE escrito num papelão, que Fuoco pregara numa parede de sua oficina.

Francisco revelava ao amigo um outro Giuseppe Fuoco até então desconhecido de Oriosvaldino na pessoa humilde, sempre de preto, do sapateiro. Fuoco era um homem muito lido, se dizia artesão, palavra para ele muito nobre e cheia de sentido, principalmente pela sua etimologia — do italiano "artigiano", que veio de "arte", dizia. Seu Giuseppe é um homem de uma simplicidade, de uma pureza que jamais vi, disse Francisco. Me deu pra ler uns livros de Kropotkin e Bakunin. Aprendi neles muitas coisas, se você quiser eu peço emprestado pra ele. Ele é bom, empresta, é só devolver depois. Me fale mais sobre ele, sobre suas idéias, disse Oriosvaldino. Ele gosta muito de dizer que liberdade ninguém compra na venda, disse Francisco. Liberdade a gente consegue é no peito e na raça, com muita luta. Tão sozinho e solitário, ele tem até um jeito maneiroso, disse Oriosvaldino. Será que ele não gosta de mulher? Gosta muito, disse Francisco. Ele é viúvo sem filho, um homem sofrido. Você nunca ouviu falar daquele caso, quando aquela vez ele cantou dona Helena, mulher de seu Ladislau? Pois foi a própria dona Helena que contou pra mulher do juiz. Embora todo mundo pedindo segredo, a história dos dois acabou conhecida de muita gente. Quando ela ainda era mocinha, ficou tão caído por ela que pediu pra dona Helena fugir com ele, ser sua companheira. Por que ser companheira e não esposa? disse Oriosvaldino. Em primeiro lugar ele era anarquista, e anarquista não acredita em casamento. Tão apaixonado estava que não via a distância dos anos que os separava, ela podia ser filha dele. O que ele não gosta é de ir a bordel.

    Que coisa estranha é o anarquismo, que coisa estranha é o comunismo, que coisa mais estranha é o homem! pensou Oriosvaldino.

    Amor correspondido Fuoco teve foi com dona Genovena, filha do coronel Elpídio Brandão, contou Francisco. Mas ela não é casada? disse Oriosvaldino começando a duvidar dos rígidos princípios morais de Fuoco. Quando o caso se deu, ela era solteira, disse Francisco. Por causa de quê eles não se casaram? disse Oriosvaldino. Você sabe, ele é carcamano, ela é filha de coronel. Ela fincou pé, o coronel cogitou até em mandar ela pra um convento. Aí dona Genoveva desistiu, é duro uma filha solteira de coronel enfrentar decisão e fúria do pai. Mas o amor de dona Genoveva e seu Giuseppe foi um amor danado de bonito. Quem te contou? disse Oriosvaldino. A preta Luzia, que trabalha pra ele um horror de anos. Depois, eu vi num caderno guardado a chave na gaveta da sala uns versos bonitos demais. Como é que você pôde ver, se o caderno estava trancado na gaveta? disse Oriosvaldino. Foi uma vez, quando ele estava na farmácia de seu Belo, disse Francisco. Ele me deu o chaveiro pra mim ir apanhar na gaveta da mesa da sala um pacote de documentos. De curiosidade eu dei uma espiada nas outras gavetas dele. Na gaveta da cômoda vi um caderno em cuja capa estava escrito com letras graúdas *Meus versos*. Li uma poesia chamada *Bela e Fogosa Deusa*, dedicada a dona Genoveva. Ele chama dona Genoveva de fogosa? disse Oriosvaldino. Não é isso, disse Francisco. A deusa é que era fogosa. Um abuso de poeta, querendo dizer que ela tem cabelos ruivos, de fogo.

    E Francisco contava como eram as conversas do dr. Viriato com Fuoco. O dr. Viriato tinha uma visão pessimista da natureza humana, jamais poderia concordar inteiramente com o humanismo de Fuoco.

    O homem não nasceu pronto, dizia Fuoco, os olhos acesos. Não foi criado à imagem e semelhança de nenhum deus. É no dia a dia da vida, do sonho e da luta, na escuridão, que o homem se faz. Cada grande homem que nasce e se melhora, melhora a si mesmo e à espécie. A mulher, ao contrário do que diz a Bíblia, nasceu primeiro do que o homem, está quase pronta. Não importa o que ela vem sofrendo, o sofrimento, quando não é demais, melhora a gente. Um dia a mulher se libertará do homem. Não é muito romantismo e loucura sua, meu caro Fuoco? dizia o dr. Viriato. Você não está divinizando a mulher? Se chama o sonho de loucura, sou louco, dizia Fuoco. Não é romantismo meu não. Não coloco a mulher num pedestal, mas ela está acima do homem. O homem sujigou a mulher na força, só na força ele é superior a ela. A inteligência do homem, de que ele se vangloria tanto, é nada perto da intuição da mulher. A mulher é mais pura do que o homem. Só os artistas, que na alma são um tanto mulher, têm a mesma sensibilidade e a visão da mulher.

Os dois eram soberbos quando falavam do poder. O poder corrompe, não é, doutor? Sim, Fuoco, o poder corrompe. E o poder absoluto corrompe mais que qualquer outro poder. Li nas memórias de um político que o teve na sua plenitude, que poder tem virtudes insuspeitadas, capazes de levantar defunto. Os que o possuem e os que giram em redor dele têm a certeza de que são inatingíveis, nada pode acontecer com eles. Na Idade Média o poder era o Estado... Não havia ainda Estado, dizia o dr. Viriato. Pelo menos como modernamente a gente o entende. O monstro que, além de ser temido, hoje quer ser amado. Eu sei que não havia o que hoje chamamos de Estado, dizia Fuoco. Vamos dizer uma coisa total. Se falei em Estado foi por ter a boca torta pelo uso do cachimbo, de tanto odiá-lo e amaldiçoá-lo.

Na Idade Média o rei e o imperador careciam do poder dos senhores feudais, que tinham o poder palpável, o poder que deixa cheiro, suor e sangue. Como sofriam os súditos! dizia o dr. Viriato.

(Devemos voltar ao chão, às coisas que podemos cheirar, apalpar, ver e ouvir. Senão corremos o risco de nos perder no cipoal da mata, esquecidos o traçado e o rumo da nossa história.)

Francisco contou a Oriosvaldino que Fuoco, agora velho, reconhecia que eles erraram demais na Colônia Cecília. Acreditavam muito no sonho, se esqueceram do que ocorria além da cerca da colônia. Tinham virado cordeiros num mundo de lobos. Até de levar armas eles se esqueceram, não tiveram em conta a vizinhança dos poloneses, puritanos, rigorosos.

Francisco trouxe para Oriosvaldino o primeiro livro. Oriosvaldino ficou sabendo que anarquismo é uma doutrina política que prega a abolição do Estado e de todas as autoridades temporais e religiosas, esperando assim acabar com a miséria e as injustiças sociais. Através da livre associação para fins produtivos, esperam alcançar a paz e a felicidade entre os homens. Na sua santa ingenuidade, Oriosvaldino se deixou fascinar pela idéia da supressão do Estado, que seria substituído por assembléias do povo.

E foi lendo outros livros, se entusiasmava, tinha a alma em fogo pelas idéias e pela esperança. Mesmo não sendo um operário, mas filho de comerciante, passou Oriosvaldino a freqüentar, com Francisco, a Sociedade Operária 1º de Maio. Francisco costumava ir lá em dias de reunião. Eles foram ao portão das oficinas da Estrada de Ferro Mogiana, para Francisco falar aos operários na hora da saída. Eles o ouviram a princípio com atenção e riso, depois é que começaram os gritos e as ofensas. Vão trabalhar, seus vagabundos! diziam. E jogaram pedra, uma delas atingiu Oriosvaldino na cabeça. Ele foi ao consultório do dr. Viriato e lhe contou o que se passara. O médico sorriu, eles tinham sido corajosos. A coragem só não basta, disse ele. O que vocês fizeram foi belo, porém inútil. O que devem fazer é continuar freqüentando a Sociedade Operária 1º de Maio, de que sou médico, para ver se conseguem convencer os operários da Mogiana que a sociedade não existe só para ter médico e desfilar no Dia do Trabalho.

Quando de noite Oriosvaldino apareceu na casa de Natália, ao ser perguntado por Matilde, que lhe abriu a porta, o que era aquilo, disse um menino me jogou uma pedra. A Natália contou o que se passara. Mas você é louco! disse ela. Matilde ergueu os olhos da página do livro, tossiu, tinha pensado que Oriosvaldino estava querendo alguma coisa pecaminosa.

Ficaram um pouco em silêncio, depois ela disse baixinho você não vê que foi mesmo loucura? Onde já se viu dois caixeiros, você filho de dono de armazém, irem falar a operários? Se ao menos eles estivessem demandando alguma coisa da companhia ou em começo de greve, ainda bem que vocês fossem lá. Eu contei outro dia ao padre Joel as suas novas idéias e ele disse que é comunismo. Você não devia ter contado a ele, disse Oriosvaldino. Mas foi ele que me perguntou o que você pensava da vida e das coisas, disse ela. Eu estava me confessando, não tive outro jeito. Não é comunismo, é anarquismo, disse ele. Ela levou as mãos na cabeça, disse então é muito pior, é bagunça. Ele tentou explicar o que é anarquismo, não conseguiu convencê-la. Ela se mostrava irritada com ele, Oriosvaldino lhe contou a sua conversa com o dr. Viriato.

O dr. Viriato pode ser o demônio que dizem, mas tem a cabeça no lugar, disse Natália. Não concordo com as opiniões dele, mas pelo menos é uma pessoa sensata. Você é uma burguesinha, disse ele. O quê? disse ela. Matilde tossiu. É filha de gente rica que deve ser destruída, disse ele. Você quis então me ofender, quer acabar com meu pai? disse ela.

Ao sair, ele lhe estendeu a mão, tentando uma reconciliação. Ela se recusou a apertá-la. Até nunca mais, disse ela.

Ele deixou a casa de Natália no maior desespero. Foi chorando até à casa de Francisco. Era um cretino. Toma, imbecil! E ele batia o punho na cabeça.

A janela de Francisco estava acesa, Oriosvaldino bateu. Francisco abriu a janela, viu que era ele, foi abrir a porta.

O que foi que houve? disse Francisco espantado diante das lágrimas de Oriosvaldino. Francisco lhe estendeu um lenço. Carece não, tenho o meu, disse Oriosvaldino sacando do bolso o seu. Limpou a cara, assoou o nariz.

Para Francisco ela estava coberta de razão em se sentir ofendida. Onde já se viu chamar uma moça feito Natália de burguesinha! Oriosvaldino não lhe contara tudo que se passou ou era um rematado imbecil. Na hora de lhe contar me deu um branco na cabeça, disse Oriosvaldino. Não repeti direitinho a frase, eu disse foi filha de gente rica que deve ser destruída. Se teve mesmo esse branco, se explica, disse Francisco. Agora não sei como vai ser.

    A partir de então, quando Oriosvaldino passava pela janela de Natália, ela virava a cara ostensivamente, para não cumprimentá-lo. Aquilo doía dentro dele, era como se ela lhe desse uma bofetada.

    Assim foram os dias se passando. Até que um dia, no Jardim de Cima, viu Natália e Humberto agarradinhos. A visão lhe doeu tanto, era como uma faca enterrada no coração.

    Ele contou a Francisco o que vira, o amigo procurou consolá-lo. Você tem de se conformar com a idéia de que ela não quer saber mais de você, disse Francisco. Ela agora é de outro, não adianta ficar sofrendo por um mal que não tem cura senão com o tempo. Depois, o que não tem remédio, remediado está.

    Francisco tinha razão, mas como deixar de sofrer? Oriosvaldino fazia tudo o que não devia, chegou a escrever no muro da casa dela "Natália, te amo". Ela contou ao pai que tinha sido ele, o pai foi falar com Antônio Joaquim.

    Louco! foi logo dizendo Antônio Joaquim. Não é só um atrevido, desrespeitador da propriedade alheia, mas um louco. Por quê, débil mental? Se explique! Oriosvaldino se limitou a dizer amor. Imbecil, gritou o pai e lhe deu um tapa na cara.

    Contou tudo à mãe, Margarida morria de pena daquele filho que sofria o seu primeiro amor. Valdo, dor de amor dói fundo, você tem de aprender a sofrer. É duro, mãe, esse aprendizado, disse ele. Não sei como vou agüentar. A senhora não sabe de nenhum remédio? Só o tempo, disse ela. Não conhece nenhuma simpatia pra fazer o tempo passar ligeiro? Não sei se é simpatia, é mais um jeito de ajudar a esquecer, disse ela. Quando de repente lhe vier a lembrança dela, procure desviar o pensamento pra outra coisa, fixar os olhos num verde, numa nuvem, tente o azul, force um sorriso nos lábios. Você deve rezar, filho. Enquanto você pensa concentrado nas palavras da reza, não dá lugar pra lembrança nenhuma. Pra mim mais de uma vez deu certo, quando eu padeci de amor. A senhora é um amor de mãe, disse ele. Ela lhe deu um beijo.

Aos poucos Oriosvaldino, usando a técnica ou simpatia da mãe, foi conseguindo desviar o pensamento da figura e das paragens do seu amor. A sua vida voltou ao que era antes do namoro com Natália. Saía todas as noites com Francisco, iam jogar bilhar, sinuca ou bocha.

Em pouco tempo os dois tinham virado craques, Francisco no bilhar, Oriosvaldino na sinuca. Na sinuca só uns poucos como Alberto da Viola eram capazes de vencê-lo. Alberto da Viola era o páreo mais duro para Oriosvaldino, que tinha de suar frio e jogar o fino para vencê-lo. Também não era muita vantagem de Alberto da Viola, ele era vagabundo, não tinha notícia dele ter trabalhado alguma vez na vida, desde rapazinho vivia de jogo, acabou por virar jogador profissional. Quando não era com Alberto da Viola, a maioria apostava no taco de ouro de Oriosvaldino. Se o jogo estava pela bola sete, tirávamos a atenção das outras mesas, vínhamos para a mesa onde Oriosvaldino jogava. Os próprios jogadores das mesas próximas suspendiam o jogo para ver quem encaçapava a bola sete.

Aos domingos iam à rinha do Alfredão ver briga de galo. Francisco tinha um galo indiano muito bom. Ele foi desde cedo atiçando-lhe a fúria e a violência, como lhe aguçara com gilete as esporas e o bico do galo, já de si pontiagudos.

Quem tinha um galo muito bom era o Humberto. Como ele o comprara há muito pouco tempo, só agora o galo dele e o de Francisco iam se defrontar. A briga prometia ser muito boa.

Estava para começar a briga quando Oriosvaldino se chegou para junto de Humberto e abriu a carteira. Francisco pressentiu, fez que não para ele: não vá fazer besteira. Inútil advertência, Oriosvaldino tirou as notas, mostrou-as para Humberto. Era dia primeiro do mês, ali estava o ordenado que Oriosvaldino recebera.

Humberto disse é muito pra mim. E diante do principinho de riso que viu nos olhos de Oriosvaldino: não sou maluco nem tenho a alma azinhavrada feito você. Aí o riso de Oriosvaldino cresceu, virou risada provocativa. Humberto se voltou para um amigo a seu lado, disse me empresta o que está faltando, só tenho a metade. Você endoidou? disse o amigo. É uma questão de honra, depois eu te explico, disse Humberto.

O outro contou quanto dinheiro Oriosvaldino tinha na mão, fez assim com a boca, que nem fiofó de galinha se mexendo, vimos. Sentíamos muita emoção. Diante daquilo as apostas subiram, questão de honra era conosco. Em Duas Pontes se lavava muita honra com sangue de gente, com sangue de galo nunca se vira antes.

Os galos de Francisco e Humberto no tambor, começou o primeiro assalto. Bicada aqui, bicada ali, procuravam os galos ferir fundo, sangrar a crista um do outro. Uma hora se viu Oriosvaldino dizer bica no olho! Tal a fúria de que se achava possuído. Se deu então que o galo de Francisco vazou o olho do outro. Oriosvaldino pulava e urrava. Para ele não era apenas uma briga de galos, representava uma coisa a mais. Eles falaram em honra, mas o que havia nos seus olhos rútilos era algo muito além de defesa de honra. Por uma dessas incompreensíveis e terríveis artes da alma humana, Oriosvaldino era um ser compósito: era ele mesmo e o galo virulento, vitorioso.

Oriosvaldino e Francisco saíram do rinheiro, iam descendo a Rua Comprida alegres e felizes. O galo num dos braços (apesar de vitorioso o bicho sangrava muito), Francisco disse que aquele galinho ele não trocava por nada deste mundo.

De repente a lembrança de Natália voltou a assaltar o pensamento de Oriosvaldino. Se eu ainda estivesse namorando ela, com o dinheiro ganho encomendaria em São Paulo um belo presente, se o pai dela consentisse, não fizesse ela devolver. Eu não entendo as razões dessa gente velha.

Quê está acontecendo? disse Francisco. Tanto tempo assim sem dizer nada? Pensando nela? Por que você me pergunta isso? disse Oriosvaldino. Por causa do que aconteceu lá na rinha entre você e o Humberto, disse Francisco. Naquela hora eu fiquei fulo da vida, disse Oriosvaldino. Um ódio me esgoelou só de ver pertinho de mim a cara dele. Não entendo por que ela trocou você por ele, disse Francisco. Ele é até feio, esquelético, fanho. Mas tem uma coisa muito importante que você esqueceu, disse Oriosvaldino. A dinheirama que tem o pai dele. Coração de mulher é assim mesmo, disse Francisco. Não sei se toda mulher é assim, disse Oriosvaldino. É capaz de ser, quando eu estudava do Colégio Verbo Divino, na classe do major, li estes versos na *Seleta Clássica*: "O peito feminil que de natura/ Somente em ser mudável tem firmeza".

Agora quem se calou foi Francisco. Como todo jovem de Duas Pontes, vinha cogitando em deixar a cidade. Sonhava em ir para São Paulo, onde, quem sabe, ele não subia na vida, era capaz até de ficar rico.

Quê que você está pensando? disse Oriosvaldino. Francisco disse que estava pensando em deixar Duas Pontes, ir para São Paulo.

Oriosvaldino resolveu mudar de assunto, Francisco tinha ódio nos olhos, era estranho. Sabe no que estou cogitando? disse Oriosvaldino. Em encomendar um saxofone em São Paulo, aprender o instrumento com o Júlio, fazer parte da banda dele. Por que você não compra uma flauta? Porque tenho mãe pra criar, disse Francisco rindo, ele às vezes dizia coisas à primeira vista muito engraçadas. Eu te empresto, disse Oriosvaldino. E como é que eu ia te pagar? disse Francisco. Aos poucos, você pode demorar o tempo que quiser, disse Oriosvaldino. Sabe de uma coisa? Eu te dou a flauta de presente. De presente? disse Francisco. De jeito nenhum eu aceitaria. Mas é com o dinheiro ganho na aposta, com que não contava, não suei pra ganhar, disse Oriosvaldino. Francisco custou a concordar, acabou aceitando.

No dia seguinte os dois foram à Tesoura Mágica, a alfaiataria de Júlio Rossi, para que ele os orientasse na escolha de um bom instrumento. Por coincidência Júlio acabara de receber de São Paulo um catálogo da Musical

Bandeirante, com especificações, fotografias e preços dos instrumentos. Quanto é que você tem pra gastar? disse Júlio se dirigindo a Francisco. O quanto eu não sei, vai depender ... disse Francisco olhando envergonhado e constrangido para Oriosvaldino. Quem vai emprestar o dinheiro sou eu, disse Oriosvaldino. Uma flauta bem barata, disse Francisco. O barato é o preço mais caro que tem, disse Júlio. Que tipo de flauta você quer? doce ou transversa? A de metal, disse Francisco. Então é transversa, disse Júlio. Eu falei doce ou transversa foi de pura bestagem, em banda não cabe flauta doce. Aqui em Duas Pontes só tem o professor Maldonado do Amaral pra ensinar. Não sei se ele aceita ensinar, vou falar com ele. O professor Maldonado é batuta na flauta. E você? disse ele se voltando para Oriosvaldino. Oriosvaldino apontou para o saxofone de Júlio. Saxofone eu posso ensinar, disse Júlio. Que tipo de saxofone você quer? Soprano, alto ou tenor? Oriosvaldino não sabia o que dizer. Diante da sua perplexidade, Júlio disse é melhor um sax tenor, porque o meu é barítono. Vocês querem ouvir um choro que acabei de compor? Os dois disseram que sim.

 Júlio pegou o saxofone, disse o choro se chama *Coração Dolorido*, e começou a tocar. Ele era mesmo um batuta, dizíamos. De excelente ouvido, tinha uma leitura à primeira vista fantástica, uma velocidade espantosa, uma afinação perfeita, o som muito claro, dominava com maestria os super-agudos.

 Júlio fazia umas visagens divertidas. Se inclinava para trás, para frente, para os lados, girava o corpo feito caçando com a boca do saxofone uma borboleta. Como se perseguisse os volteios e curvas do som num labirinto aéreo.

Era mesmo um choro muito bonito, lindo, comovente, Júlio escolhera um bom título, bem de acordo com a música dolorida. Oriosvaldino e Francisco se comoviam, quando Júlio acabou, bateram palmas.

Oriosvaldino estava na loja quando o carteiro chegou com o aviso dos correios. Ele foi buscá-lo, abriu o embrulho na frente da mãe. E viu comovido o brilhoso saxofone, dourado por fora e prateado por dentro. Não é mesmo uma beleza, mãe? De matar, disse ela.

De noite ele foi à casa de Júlio para a primeira lição. Júlio lhe deu uma aula de música e fez ele tirar as primeiras notas no saxofone. Deus queira que você tenha jeito e ouvido, disse Júlio. Tem gente que é cretino musical, não aprende de jeito nenhum. Fica a vida inteira oscilando nas notas agudas, tirando do sax um som de pato rouco.

Oriosvaldino aprendeu ligeiro, em pouco tempo deixou de ser pé-de-chumbo. Passou para o seu caderno de música as partituras do grande repertório da Banda Santa Cecília e virava as noites tirando do seu saxofone dos mais sentidos choros ao tango brasileiro, passando pelo fox-trote e as valsas lentas.

Agora, nas noites de sábado e de domingo ele participava das retretas no coreto do jardim. Quando não estava estudando, ia com Júlio, Francisco, mais o Alberto da Viola e Leodegário no violão fazer serenata diante da janela das moças.

Um dia eles pararam diante da casa de Natália. Vamos tocar pra bela Natália, disse Júlio. O coração batendo surdo como o som cavo do saxofone, Oriosvaldino aguardou a aparição de Natália. Ela abriu a janela e, dando com os olhos de Oriosvaldino, sorriu para ele. O coração batia agora ligeiro e saltitante como se estivessem tocando um fox-trote e não um tango brasileiro, era o que estavam tocando.

E eles tocaram mais uma valsa lenta e dolente, boa para saxofone, depois se foram porque estava ficando tarde.

Um dia ele escreveu uma longa carta para ela, jogou-a pela janela do quarto. Esperou uma resposta que custava a vir. Porque ela sorriu pra mim, se não queria nada comigo, ele se perguntava. Ele não sabia nada do coração vário das mulheres, aquela foi a sua primeira lição de amor.

Desesperado ele escreveu outra carta para ela, ela acabou respondendo. Como o que ele pediu foi um encontro, ela marcou-o para de tarde no Jardim de Cima.

Então, conseguiu, disse ela. É, eu precisava falar com você, disse ele. Falar o quê? disse ela. Que eu te amo, disse ele. Isso você já disse na sua primeira carta, disse ela. Como ninguém jamais te amou, disse ele. Isso você não pode saber, disse ela. Como ninguém jamais te amará, disse ele. Isso também você não pode saber, disse ela. Ninguém, nem mesmo uma cigana poderá dizer.

A conversa foi longa e sofrida, ele chegou na beirinha de chorar, os olhos rebrilhando de lágrima. Quer dizer que nunca mais? disse ele ao se despedir. Sei lá, Oriosvaldino, não me aborreça, solte a minha mão, senão eu grito. Ele a soltou e foi para casa (o coração pesava de dor) chorar no quarto a sua grande mágoa.

Quando ele contou a Francisco o que tinha acontecido, o amigo tentou consolá-lo, mulher era o que não faltava em Duas Pontes. Podia ser um consolo, não era uma solução para as perguntas que fazia a alma agoniada de Oriosvaldino.

Os dias se passavam, o coração continuava pesando, ele se iniciava no conhecimento da dor amorosa. De nada adiantava ele pedir aos amigos que parassem diante da janela de Natália, ela não a abriu mais. Se não abre com a música, abre com um murro, se disse ele e esmurrou a janela. O pai de Natália acabou aparecendo no alpendre e, com o revólver na mão, disse toma, seu filho da mãe! e atirou em direção de Oriosvaldino. Felizmente Francisco foi mais rápido, empurrou Oriosvaldino, o tiro não acertou. O segundo tiro também errou o alvo e eles fugiram.

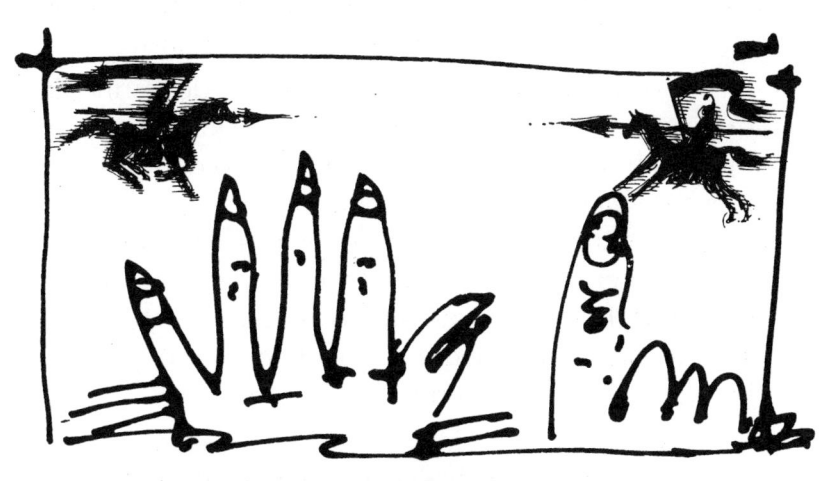

NO FIM DA TARDE do dia seguinte ele viu o pai de Natália chegar na loja do pai. Quando ele deixou a loja, o pai disse para Oriosvaldino em casa quero lhe falar.

Em casa, quando ele chegou, o pai lhe disse você não se emenda mesmo, não é? Quer que eu use o relho? Se não quer apanhar e ser posto pra fora de casa, repita o que fez. A mãe, que ouvira tudo, chamou-o à parte e lhe disse Valdo, não vê que é uma loucura o que está fazendo? Se ela não lhe quer mais, por que insistir? Não é assim que se conquista um coração de mulher. Como é, mãe, me diga? Eu não sei como, do seu jeito é que não é, disse ela. Valdo, esqueça, não é bom pro seu coração, pra sua cabeça continuar sofrendo assim. Use aquelas regras que lhe ensinei, pra conseguir esquecê-la.

Quando foi de tarde, ele estava na loja, Humberto apareceu e de longe chamou-o. Oriosvaldino fez com a mão o sinal de espere. Uniu as mãos espalmadas como se rezasse, fez um gesto amplo, desenhou com as mãos uma igreja e com os dedos as horas. Humberto acabou por entender: no Largo do Carmo às seis horas.

Ao chegar com Francisco no Largo do Carmo, lá já estavam Humberto e dois amigos. Nem bem ele se aproximou, levou um soco na cara, que o derrubou no chão. Os amigos se aproximaram e a briga agora era de cinco. Eles trocavam socos e pontapés. Quando uma hora Humberto quis atingi-lo, Oriosvaldino lhe deu um chute. Por debaixo, Oriosvaldino voltou a lhe acertar a cara. Apanhou uma pedra e Francisco, outra. Quando viram, os três se puseram a correr.

As horas e os dias, quatro meses se passaram. Quando uma tarde Natália cruzou por ele. Ia na companhia de Humberto. Ela sorriu para ele de maneira enigmática, vá a gente entender mulher! De noite ele foi parar na casa de Natália. A janela acesa, ele assobiou. Ela apareceu e eles se puseram a conversar baixinho para o pai não ouvir o que estavam dizendo.

E por quê? disse ele intrigado. Porque quis, disse ela. Se não quer assim, pode ir embora. E ele sem entender direito o peito e a alma feminina perguntou mas você não está namorando o Humberto? Estou, mas a qualquer momento posso deixar de estar, ele é muito enjoado, disse ela. Mas assim... quis ele dizer assim não, ela entendeu e disse ligeira se não quer assim, pode ir embora. Ele a queria de qualquer jeito, coração apaixonado não conhece futuro nem passado, é melhor comer doce-de-coco acompanhado do que cocô sozinho, dizem.

 Durante mais de ano Oriosvaldino e Humberto viraram antípodas, cada um impossível de ser visto pelo outro, ela se encontrava com Oriosvaldino escondido. Assim foram vivendo felizes; imoralmente felizes, dizem as pessoas de honra e pundonor que costumam sufocar no peito o coração. Até que um dia Natália lhe disse vá lá em casa hoje à noite. Mas como, e o seu pai? disse ele. Já conversei com ele, custou mas acabou aceitando, disse ela. E o Humberto? disse ele. Já o mandei ir lá na esquina ver se eu estou lá, disse ela. Por quê? disse ele. Você é um chato, está querendo saber demais, disse ela. Está bem, aceito, disse ele.

 E a situação política do país começou a piorar, o que de qualquer maneira refletia em Duas Pontes, na divisa com o Estado de São Paulo. Oriosvaldino e Francisco procuravam Fuoco para que ele os orientasse.

 Eu, apesar de minha idade, pegaria em armas para derrubar a oligarquia, se eles quisessem mudar as coisas, disse Fuoco. O que quer o candidato derrotado Getúlio Vargas, presidente do Rio Grande do Sul, é ser alçado à presidência da República no lugar do vencedor, Júlio Prestes, presidente de São Paulo. Uma querela entre candidatos, politiquinha miúda e interesseira de duas oligarquias que disputam o poder. Quem está com a razão é o capitão Luís Carlos Prestes, que se nega a acompanhar os seus companheiros da Revolução de 1924, os famosos tenentes. Se em vez das idéias pseudoliberais houvesse idéias novas, aí sim eu colocaria um lenço vermelho no pescoço e ia à luta. Getúlio e Júlio Prestes, tudo farinha do mesmo saco.

Mesmo desacorçoados e achando que Fuoco deixara de lado qualquer sonho utópico para se transformar num comunista enquadrado, eles, que já tinham comprado o lenço vermelho da revolução, acharam melhor guardá-lo para outra destinação — assoar o nariz, foi o que acharam.

Que Fuoco era um perigoso agitador, já se sabia de longa data, desde aquela vez, quando da greve do pessoal da Estrada de Ferro Mogiana. Agora, em vez de um, tínhamos três agitadores a perturbar a paz que reinava na nossa pequena, ordeira e cumpridora cidade. Quando tudo vai bem, surge sempre alguém insatisfeito para atrapalhar o riscado.

Vitoriosa a Aliança Liberal, Getúlio Vargas subiu ao poder e nada de querer convocar eleições para uma assembléia constituinte como queriam os paulistas, que se levantaram em armas contra o governo central. Não só paulistas, muitos outros brasileiros aderiram à causa constitucionalista, se dirigiram para São Paulo, a fim de se alistarem nos chamados batalhões patriotas. Quando o ex-presidente Artur Bernardes, chefe do Partido Republicano Mineiro, disse a sua famosa frase ("Quanto a mim, eu fico com São Paulo, porque para lá se transferiu a alma cívica na nação."), muitos mineiros não tiveram a menor dúvida, foram esbarrar em São Paulo.

O que antes parecia firme ideologia de Oriosvaldino e Francisco se evaporou no ar, para dar lugar à nuvem de civismo que boiava no céu da pátria. Mas os dois, como era comum na nossa cidade, foram consultar o memorioso e sábio insone Donga Novais. Quem briga por causa de pão é sempre quem tem razão, disse o macróbio encanecido pelas neves do tempo. Os dois se olharam, se disseram ninguém está lutando por pão, só se for pão de vento. Não era um ou dois pães, mas uma padaria inteira a produzir incessantemente o alimento de que careciam as nossas almas famintas de idéias e de vento.

Os dois evitavam agora passar pela porta de Fuoco, antecipadamnte sabiam o que ele ia dizer. Que essa guerra civil não era a guerra dele. Não havia nela nenhum sentido social, nenhuma intenção de melhorar a situação do povo. No fundo o que movia São Paulo era um sentimento de secundário regionalismo, senão mesmo idéias separatistas financiadas pela plutocracia paulista, diria ele. Não convinha falar no nome de Artur Bernardes e outros desiludidos com a Revolução de 30, porque Fuoco então ficaria soberano: tinha um horror todo especial a Artur Bernardes, segundo ele de incrível dureza, para ele insuportável, que governou com mão de ferro a república e perseguiu a Coluna Prestes.

Era capaz de Fuoco ter alguma razão, mas era tão exaltado, tão radical e apaixonado, que fugíamos dele com medo. Ele o dr. Viriato continuavam na sua, para nós, conversação sem sentido, que não levava a parte alguma. Embora de acordo em muitos pontos, discutiam: eram duas solidões que partilhavam do mesmo pão da amizade e do sonho.

Oriosvaldino escreveu a um primo paulistano indagando como ele e Francisco deviam fazer para se alistarem num dos batalhões patriotas. Não demorou muito e veio a resposta do primo. Que os dois deviam se apresentar ao coronel Alberto Cunha Bueno, comandante do batalhão patriota acantonado em Cruzeiro, que fazia divisa com Minas Gerais.

Os dois tomaram o trem de madrugada em Duas Pontes e lá pelas onze horas estavam chegando em Cruzeiro. Se apresentaram ao coronel Cunha Bueno. Vocês chegaram bem na hora, disse ele. Estamos de partida, vamos atacar um batalhão inimigo, que está por perto. E se voltando para um sargento a seu lado, disse dê fardamento e fuzil pra estes dois patriotas. Muita munição, que eles são mineiros dos bons, dos mineiros de antigamente, estão secos pra entrar em combate. Boa colheita, rapazes.

Oriosvaldino estranhou a metáfora do comandante, mas adivinhou logo o que ele queria dizer com colheita — muitos mortos da banda legalista. Era uma metáfora cujo atrevimento devia ser levado em conta devido às muitas vitórias que ele conquistara no campo da honra, como disse dele o primo de Oriosvaldino, igualmente enfático.

Mal os dois se vestiram e botaram na cabeça o capacete de aço, ouviu-se o trilo comprido do apito chamando os soldados. A tropa formada, o comandante fez um pequeno discurso comovido e eloqüente. Tudo pela constituição! Tudo por São Paulo! Tudo pelo Brasil! disse ele ao fim do discurso.

Naquele mesmo dia entraram em combate com a vanguarda do batalhão da Força Pública de Minas Gerais. Pelo uniforme novinho em folha, um soldado veterano pôde dizer é a primeira vez que entram em combate? A farda do soldado veterano estava toda descolorida e costurada mal e porcamente numa das mangas: via-se logo — participara de muitos entreveros. Ele falava sem parar, que nem uma metralhadora que não demoraria muito a entrar em ação.

Começou a batalha, ouviram-se as primeiras rajadas de metralhadoras, as primeiras explosões de granadas dos morteiros e dos obuses, dos canhões.

Os dois nunca tinham visto ou ouvido algo de semelhante. As guerras do cinema, se faziam muito barulho, nada tinham a ver com eles, nenhum deles podia matar ou morrer. A fúria e o medo, as balas zunindo e assobiando, o pipocar das metralhadoras, o troar dos morteiros, obuses e canhões, os deixavam atordoados.

Ao lado de Oriosvaldino caiu o primeiro soldado ferido. Instintivamente, ele fez um movimento para socorrê-lo. Vamos em frente! disse o sargento a seu lado. Mais soldados caíram, ele nada fez, procurava ter a indiferença do sargento, não sentir pena ou compaixão pelo outro, fosse ele amigo ou inimigo.

Eles avançavam, os canhões troavam sem trégua, e da misteriosa região à frente do batalhão patriota chegavam as granadas, voavam os obuses. Por vezes, como para conceder um breve descanso, durante um quarto de hora as balas, granadas e obuses iam cair mais adiante. Outras vezes não se passava um minuto sem que vários homens caíssem atingidos. Continuamente os soldados com braçadeira da Cruz Vermelha levavam os feridos, nas suas padiolas, para a retaguarda.

Francisco olhou para Oriosvaldino e viu a sua cara fechada. Ele mordia os lábios entre os dentes. Todos os soldados estavam igualmente silenciosos e taciturnos. Poucas frases eles trocavam entre si, e essas frases eram interrompidas cada vez que caía um projétil e ressoava o grito "Aqui, padiola".

E o batalhão patriota avançava mais e mais, adentrando as linhas adversárias, deixando mortos e feridos. As fisionomias dos soldados se tornavam cada vez mais taciturnas e sombrias à medida que aumentavam os ruídos confusos por entre o troar dos canhões, dos abuses e dos morteiros, e o sibilino silvo das balas dos fuzis.

A não ser Oriosvaldino e Francisco, aqueles soldados pareciam nada ter a aprender. Eram como membros de uma grande e sinistra orquestra sinfônica que não carecesse de maestro ou comando.

Oriosvaldino viu cair morto a seu lado o porta-bandeira. Como que por instinto, ele colocou o fuzil a tiracolo nas costas e empunhou o mastro. E ele avançava cada vez mais, erguendo o mais alto que podia a bandeira suja de lama e sangue, batida pelo vento. Aos olhos de Francisco, Oriosvaldino naquele momento parecia não um ser humano mas uma figura de bronze, em alto relevo, estática e perene na sua beleza.

Eles estavam no topo do morro que deviam conquistar. Nisso houve um grande silêncio, o silêncio que dizem antecede os ciclones e as catástrofes. O batalhão patriota vencera a batalha, as forças legalistas recuavam em debandada. Havia nos olhos de Oriosvaldino brilho e alegria, na sua boca aberta e muda como que um grito de vitória. Francisco ouviu um silvo e viu Oriosvaldino cair morto ao pé da bandeira que ele plantara no chão.

E o tempo passou veloz, foi de uma velocidade espantosa. Só depois de vivê-lo é que se repara: os dias não são tão vagarosos como julgávamos; ao contrário, os ponteiros do tempo têm a ligeireza do vento, a vida não passa de brevíssimos instantes.

De repente vários anos se passaram. Francisco conheceu uma moça chamada Ernestina. Eles se casaram, tiveram três filhos.

Um dia ele amanheceu com febre alta, tomou uma aspirina, a febre baixou. Daí a pouco a temperatura voltou a subir, novo comprimido. Poucas horas depois, febre de novo. Tomou cinco aspirinas. Na noite do terceiro dia, como a temperatura voltasse a subir, pouco ou nada valendo a aspirina, Ernestina mandou o filho mais velho chamar o dr. Viriato.

Muito nervosa, quando o médico chegou ela disse foi bom o senhor ter vindo logo, já não agüentava mais de aflição. O dr. Viriato sorriu, procurou saber o que estava acontecendo, examinou Francisco demoradamente.

Amanhã eu passo por aqui, disse o médico ao se despedir. Vou levá-lo à Santa Casa para fazer alguns exames de laboratório. O senhor é um anjo, doutor, não sei como lhe agradecer, disse ela. Anjo não sou, disse ele. Até me chamam de demônio. Quanto foi a consulta? disse ela. A senhora não vai poder pagar-me, é um preço muito alto, disse ele. Quanto? disse ela orgulhosa. Nada, disse ele dando uma gargalhada gostosa e saiu.

Quando viu os exames o dr. Viriato diagnosticou febre tifóide. Ele teve de traduzir para ela. Meu Deus do Céu, Maria Santíssima me valei, tifo mata mesmo, dizia ela.

O estado de Francisco foi se agravando, ele ficou magríssimo. Sem fome, Ernestina forçava-o a se alimentar. Só mais esta colherinha de sopa, pedia ela. Ele atendia, mas costumava vomitar o que tinha comido. Os olhos lá no fundo, acesos de febre, relumeavam.

Ernestina viu que ele estava no fim dos seus dias. Ingenuamente tentou convencê-lo a aceitar a visita do padre. Ele ficou irritado com ela, era não só espírita, mas um kadercista fanático.

Uma noite, beirando as vascas da agonia, ele fez um gesto com a mão para o dr. Viriato, ele se aproximou. Careço de contar a alguém uma verdade terrível, disse ele. Não conte a ninguém, eu peço de todo o coração. Oriosvaldino morreu de fuzil travado. Naquele dia terrível, nosso primeiro dia de guerra, não puderam ensinar à gente como se manobra um fuzil.

Os ponteiros do tempo giraram mais ligeiros, o dr. Viriato era agora um velhinho, tinha mudado muito. Não era mais tão materialista como antigamente, diziam até que ele tinha sido visto rezando escondido na Igreja do Carmo. É difícil apurar a verdade sobre a sua conversão, quem contou costumava mentir. O certo é que, com o avançar da idade, as cãs cada dia mais brancas, azulando, ele virou outro, passou a acreditar no homem e na bondade humana. Francisco não carecia de ter lhe pedido silêncio para a sua escondida verdade, ele jamais seria capaz de destruir o nosso sonho, o mito de que vivia a nossa cidade.

OBRAS DO AUTOR

Armas e Corações, Rio de Janeiro, Difel, 1978.

Um Artista Apremdiz, Rio de Janeiro, José Olympio, 1989.

A Barca dos Homens, Rio de Janeiro, Editora do Autor, 1961. [Prêmio Fernando Chinaglia, União Brasileira dos Escritores]

Um Cavalheiro de Antigamente, São Paulo, Siciliano, 1992.

As Imaginações Pecaminosas, Rio de Janeiro, Record, 1981. [Prêmio Goethe de Literatura; Prêmio Jabuti, Câmara Brasileira do Livro]

Lucas Procópio, Rio de Janeiro, Record, 1984.

O Meu Mestre Imaginário, Rio de Janeiro, Record, 1982.

Monte da Alegria, Rio de Janeiro, Francisco Alves, 1990.

Nove Histórias em Grupos de Três, Rio de Janeiro, José Olympio, 1957. [Prêmio Arthur Azevedo, INL]

Novelário de Donga Novaes, Rio de Janeiro, Difel/Difusão Cultural, 1978.

Novelas de Aprendizado, Rio de Janeiro, Nova Fronteira, 1980.

Ópera dos Mortos, Rio de Janeiro, Civilização Brasileira, 1967. [Incluído na *Coleção de Obras Representativas*, Unesco]

Uma Poética do Romance, São Paulo, Perspectiva, 1973.

Uma Poética de Romance; Matéria de Carpintaria, Rio de Janeiro, Difel/Difusão Cultural, 1976.

O Risco do Bordado, Rio de Janeiro, Expressão e Cultura, 1970. [Prêmio Fan-clube do Brasil]

A Serviço Del-Rei, Rio de Janeiro, Record, 1984.

Os Sinos da Agonia, Rio de Janeiro, Expressão e Cultura, 1974. [Prêmio Paula Brito, Conselho Estadual de Cultura do Rio de Janeiro]

Solidão Solitude, Rio de Janeiro, Civilização Brasileira, 1972.

Sombra e Exílio, Belo Horizonte, Edições João Calazans, 1950. [Prêmio Mário Sette, *Jornal de Letras*]

Teia, Belo Horizonte, Edições Edifício, 1947.

Tempo de Amar, Rio de Janeiro, José Olympio, 1952. [Prêmio Cidade de Belo Horizonte]

Três Histórias na Praia, Rio de Janeiro, Serviço de Divulgação, Ministério da Educação e Cultura.

Uma Vida em Segredo, Rio de Janeiro, Civilização Brasileira, 1964.

Violetas e Caracóis, Rio de Janeiro, Guanabara, 1987.

COLEÇÃO jovens inteligentes

A Hora Certa – Eliana Sabino
A Mais Bela História do Mundo – Fábio Lucas
A Vida em Pequenas Doses – Elias José
As Boas Más Companhias – Herberto Sales
Biba – Ary Quintella
Bola no Pé – Maria Alice Barroso
Coração Solitário – Maria Adelaide Amaral
Detetive Fora de Série – José Louzeiro
Dia de Aninha – Ciça Alves Pinto
Divina Flor – Marcos Santarrita
Estórias da Mitologia 1: Eu, Zeus, o Senhor do Olimpo – Domício Proença Filho
Estórias da Mitologia 2: Nós, as Deusas do Olimpo – Domício Proença Filho
Estórias da Mitologia 3: Os Deuses, Menos o Pai – Domício Proença Filho
Gamação – Ferreira Gullar
Lembranças Amorosas – Francisco Gregório Filho
Memórias de um Bandeirante – Sonia Sant'Anna
O Asteróide – Lúcia Machado de Almeida
O Bicho Carpinteiro – Roberto Athayde
O Portal das Montanhas – Mara Carvalho
Por Acaso – Edla van Steen
Um Sonho no Caroço do Abacate – Moacyr Scliar
Uma Aventura na Floresta – Maria Clara Machado
Vida, Paixão e Morte do Herói – Autran Dourado

Impressão e Acabamento
Bartira
Gráfica
(011) 4393-2911